बंद खिड़की

(उपन्यास)

रचनाकार : रेणू त्यागी

PG PUBLICATION

दिल्ली-110089

संस्करण : 2021
ISBN : 978-93-90889-11-2

प्रखर गूँज पब्लिकेशन
एच-3/2, सेक्टर-18, रोहिणी, दिल्ली-110089
दूरभाष : 7982710571, 7838505899, 011-27851059

मूल्य : 200/-

शब्द संयोजन एवं आवरण
प्रखर गूँज

Band Khidki
By : Renu Tyagi

Published by
PRAKHAR GOONJ PUBLICATION
Delhi - 110089
E-mail : prakhargoonj@gmail.com
           sinha.neelu123@gmail.com
011-27851059, 7982710571, 7838505899
Web : prakhargoonjpublicationofficialwebsite.com

प्राक्कथन

बड़े बड़े शिक्षाविद बहुत सी रचनाओं को जन्म देते आये हैं। अपनी आलोचनाओं और समालोचनाओं और अपनी कलम से समाज की भावनाओं से प्रेरित होकर हर एक रचनात्मक काव्य और गद्य को अपनी कल्पनाओं को साकार रूप प्रदान करते हैं।

जहां निजता बहुत कम और कल्पनाएं अधिक साकार रूप लेती हैं। एक कलमकार अपनी कलम से शब्दों को बुनकर भावनाओं को एक साकार रूप देकर उसे एक नव पल्लव कोंपल की भांति सभी के सामने उजागर करता है। स्याही रूपी खून से उसका पोषण करके आत्मविश्वास के साथ रात दिन उसमें रंग भरकर उसे कागज रूपी धरा पर उकेरता है। एक लेखक के मन में लेखन प्रक्रिया तब तक चलती रहती है जब तक उसे पूर्ण रूप से आकार ना मिल जाये। उसकी उड़ान उसकी कल्पना उसकी मनस्थिति की दशा अंत तक यही रहती है कि कुछ कमी तो नहीं रह गई है कुछ अधूरापन तो अंत तक भी पूरा नहीं हो पाता है। उसे अपने लक्ष्य तक की यात्रा सदैव अधूरी ही प्रतीत होती है। कहीं कहीं वो आश्वस्त भी हो जाता है पर पूर्णरूप से नहीं।

उहापोह की स्थिति उसके मन मस्तिष्क पर सदैव ही छाई रहती है।

अंततः वो कलम एवं स्याही से समझौता कर ही लेता है।

प्रस्थान करता है अगले पड़ाव की ओर इसी आश्वासन के साथ कि वो अपनी सभी कल्पनाओं को फिर से साकार

करेगा देगा आकार अपनी सभी भावनाओं को उसकी उंगलियां आतुरता के साथ तत्परता से कलम की ओर ताकती हैं अपने लक्ष्य की प्राप्ति के लिए जागती हैं रात दिन उन स्वप्नों के लिए जो कलमकार ने देखे होते हैं अच्छे संस्कार संस्कृति। समाज को एक नए उदय के साथ मूर्त रूप देता हुआ कलमकार अपनी लेखनी संग भावनाओं का एक सिरा दूसरे सिरे से जब तक ना मिले ऐसी भावनाएं रसहीन होती हैं।

सूचीबद्ध और सार्थकता लिए हुए सारगर्भिता विवेचना करके बड़े ही मनोयोग से यह कहानी लिखी गई है।

बहुत सी स्त्रियों के बारे में उन्हें अपने भीतर महसूस करके, आत्मसात करके कुछ लिखने का एक छोटा सा प्रयास जारी रखा है।

हालांकि बहुत कम लिखा है क्योंकि स्त्री के लिए सदियों से शिक्षाविद बहुत कुछ लिख चुके हैं परन्तु कुछ ना कुछ छूट ही जाता है पूर्ण रूप से स्त्री को कोई लिख ही नहीं पाया है।

वेश्यावृत्ति एक ऐसा संवेदनशील मुद्दा है जिसे हम समाज वाले ही जन्म देते हैं।

और इस बारे में सब कुछ जानकार भी अंजान बन जाते हैं।

हर पुरुष के लिए एक स्त्री कोई अनोखी नहीं होती है फिर भी पुरुष हर स्त्री को पहले पहल देखी ऐसा प्रतीत करता है। आधुनिकता में ही नहीं सदियों से वेश्यावृत्ति का चलन रहा ऐसी स्त्रियों से खुलेआम बात करना तो बहुत दूर की बात है, लोग देखना भी पसंद नहीं करते पर रात्रि के अंधेरों में इन्हें टटोलने निकल पड़ते हैं।

यह दोगलापन सदियों से समाज में रहा इसे बढ़ावा देने

में किसका हाथ हुआ यह आज भी रहस्यमय है कहीं ना कहीं स्त्री को ही स्त्री का दुश्मन बताकर पुरुषों ने सदैव ही अपना उल्लू सीधा किया है। स्त्री अपनी ही प्रजाति की दुश्मन हुई, पुरुषों पर जब जोर नहीं चला तो अपने को ही निशाना बना बैठी स्त्रियां। वही सौतेलापन अपनी ही जाति के साथ बना बैठी और इसका लाभ पुरुषों ने भरपूर उठाया। ताउम्र इस दास प्रथा को झेलते हुए उसे जरा भी डर नहीं लगा कि किसी की बहन बेटी को खरीदना बेचना किसी गहरी दलदल से कम नहीं होता कैसे माँ बाप हैं जो मजबूरियों का वास्ता देकर उनसे ऐसे काम करवाते हैं। एक भाई भी ऐसी करतूतें कर बैठता है कि वो चंद पैसों के लिए अपनी ही बहन को बेच देता है।

कुछ लड़कियां खुद को नशे का आदी बना कहीं भी जिस्मफरोशी के गर्त में डूबने को तैयार हो जाती हैं।

कहीं पति ही पत्नी को अपने लाभ के लिए बेच रहा है।

घर नहीं चलता है तो पत्नी ही बिकेगी?

इस दुनियां में वेश्यालय बहुत हैं मगर पुरुषों की खरीदफरोख्त कहीं दिखाई नहीं पड़ती है।

ऐसा क्यों है किसी को पता नहीं और ना ही कोई पता करना चाहता है। सदियों से स्त्रियां ही बिकती आई हैं और यूंही बिकेंगी शायद !

इसे समाज समस्या भी कहता है और इसी समस्या से खुद के दुखों का निवारण भी यहीं ढूंढता है।

है ना अजीब सा समाज?

मुझे भावनात्मक लेखन बहुत अच्छा लगता है।

ऐसा लेखन डूबकर लिखना चाहती हूं मैं। कोई महत्त्वपूर्ण समझें ना समझें मुझे किसी से कोई शिकायत नहीं

रहती है क्योंकि मुझे पता है कि एक दिन मेरे शब्द भी किसी के अंतर्मन को जरूर छुएंगे राह चलते चलते जब मैं इधर उधर देखती हूँ तो उसे अपने मे आत्मसात करती हूं मन वहीं छूट जाता है उसे अपने में आत्मसात कर उस अभिनय को भरपूर योगदान देती हूं मैं इससे पहले भी मैं बहुत सी पत्रिकाओं में अपनी रचनाओं को जगह पाने में सफल रही हूं।

घरेलू योगदान सबसे बड़ा दान है जो मुझे सदैव मिलता रहा है।

पतिदेव को जब मेरे इस लेखन का पता चला तो उन्होंने मुझे बहुत प्रोत्साहित किया वो बड़े गहरे भाव से मुझे पढ़ते हैं।

पति पत्नी का रिश्ता यदि दोस्ती में बदल जाता है तो समझ लीजिए कि आप को मंजिल भी मिल गई है और हमसफर दोस्त भी जिसे आप खुलकर सब मसले बताकर बेफिक्री से आगे बढ़ सकते हैं।

जहां आपको किसी पुरुष ने समझ लिया है तो समझो नैया पार हुई आपकी। पति पत्नी के इस दोस्ताना रिश्ते के लिए ही तो यहां वहां लोग ठोकरें खाते फिरते हैं। दुनियां में यही वो दोस्ताना रिश्ता है और यही वह नींव है जो मजबूती से आपके अंतर्मन को इतना मजबूत बनाकर दुनियां के सामने लाकर खड़ा करेगी कि समाज हैरान होकर देखता रह जायेगा।

क्या किसी की हिम्मत होगी कि कोई नज़र भरकर भी हमारी ओर देखे?

हर पुरुष को जन्म देने वाली स्त्री प्रारंभ से ही पुरुषों में एक भावनात्मक प्रेम का आगाज करे तो यह सब कुछ संभव है। पुरुषों में टिकाऊपन कम होता है यही कारण है कि पुरुष के सामने बहुत विकल्प होते हैं। मन को टिकाऊ बनाने में अक्षम

होते हैं पुरुष। यदि स्त्री पुरुषों में टिकाऊपन का विकास बड़े पैमाने पर जन्म के साथ पालन पोषण में भावनात्मक लगाव के रूप में निरंतर बनाये रखें तो हर पुरुष एक महान संत बनकर समाज मे उभरते हुए एक सम्पूर्ण योद्धा की भांति हर स्त्री का सम्मान करे, उसकी रक्षा भी करे। फिर कोई भी नारी समाज से अलग ना हो और ना ही उसे बिकना पड़े। ना ही कोई वेश्यालय हो, ना ही कोई चीत्कार हो, ना ही कोई अभिशप्त हो।

जब दुनियां में नारी सम्मान की बात होती है वो तो केवल घर परिवार की नारियों के लिए होती है। उन्हें ही सभ्य बनाकर सबके सामने खड़ा किया जाता है।

सबको अपने घर अच्छे लगते हैं। बस इन्हीं दायरों में रही नारियां ही शोभनीय होती हैं। इन्हीं के लिए ब्याह जैसे संस्कार बनाये जाते हैं।

सामाजिक उत्थान के लिए तो महज दिखावा होता है।

जो दिन में बड़ी बड़ी बातें करते हैं, वही लोग रात को वेश्यालयों के दर खटखटाते हैं।

पर आज के परिवेश में केवल अपनी पत्नी अपना घर।

राह चलते हुए तो सब औरों की महिलाओं पर फब्तियां भी खूब कसते हैं।

फिर देखादेखी एक चलन सा जो आम हो जाता है।

तू मेरे लिए मैं तेरे लिए, सम्मान गया तेल लेने। तब कहीं ना कहीं वेश्याओं को भी हँसी आती होगी कि वाह रे समाज के ठेकेदारों आपसी तालमेल भी ना रहा और ना ही इज्जत रही। तुमसे इज्जत की उम्मीद करे भी कौन?

नसीब की बात नहीं समाज की नीतियां नियम अजीब से हुए। वेश्याओं के नसीब में घर गृहस्थी नहीं होती हैं। वो तो

बस जिस्म की भूख मिटाने के लिए ही जैसे पैदा की जाती हैं।

इनसे ना जाने कितने लोगों से कितनी संताने पैदा हुई इन कोटों पर कोई नहीं जानता जो आज कैसे जीवन जी रही हैं या मृत्यु को जा चुकी हैं।

कोई अफसोस नहीं कोई मातम नहीं है उनके लिए।

जाने कितने लोग अंजान बन जी रहे हैं।

जबकि एक वेश्या भी माँ बनकर सब जानती है कि उसके इस बच्चे का पिता कौन था। वादे इरादे कुछ याद नहीं पर दायरे इतने सीमित हैं और समाज के नियम इतने कठोर हैं कि चाहकर भी कोई सवाल जवाब नहीं आता है इन कोटों से।

बस जिस्म के रिश्ते आँखों से लेकर दर्द की सिसकियों से होकर गुजर जाते हैं।

जर्जरता लिए हुए इन रिश्तों की अहमियत इस समाज में एक बदबूदार गटर से ज्यादा कुछ नहीं है।

दया भाव कुछ नहीं। रीति रिवाज कुछ नहीं बस जिस्म को भोगना ही सब कुछ है यहाँ।

कोमल सी औरतें कठोर नहीं बन पाती हैं। लेकिन उनकी जबान गालियों से भरी हुई होती है।

शायद ! उन्हें पता होता है कि रूह जब नंगी हो जाती है तो यही जबान सबको दूर करने पर मजबूर करती है।

नहीं तो वो दो चार बार की हवस के बाद तो जिंदा ही ना रहें।

ऐसी ही बहुत सी रचनाओं को मैंने कलम द्वारा लिखने की एक अदना सी कोशिश की है।

कविताओं से लेकर कहानियां, स्लोगन, आर्टिकल्स।

राजनीति से प्रेरित कुछ लिखने में मैं कुछ हद तक

कामयाब भी हुई हूँ।

पढ़ाई में मैं बहुत सामान्य सी रही पर पढ़ाई के साथ साथ कलात्मक जीवन भी जिया।

कढ़ाई बुनाई, पेंटिंगस, स्कैच, कुकिंग, घूमने फिरने का शौक मुझे आम व्यक्तियों से जोड़ता चला गया।

मुझे गहराई बहुत पसंद है। चाहे रिश्तों की हो या फिर बातों की।

मेरी माँ मेरी प्रेरणा रहीं वो बहुत ही सरल थीं।

पर शिकायत कभी नहीं करती थीं। उनके दिए गए कुछ जीवनी टिप्स सदैव मुझे आगे बढ़ने की प्रेरणा देते रहेंगे।

लिखने की लालसा हमेशा मुझमें बनी रहती है।

विचार है जो निरंतर गतिमान है। मन हमेशा अच्छी बातों के लिए अग्रसर रहता है।

किसी को ना दुख देना ना ही खुद पर बोझ मुझे सहन होता है। किसी की सेवा करके भूल जाना मेरी प्रकृति है। उसे यहाँ वहां परोसना मुझे बिल्कुल पसंद नहीं है।

चाहती हूं कभी बहुत अच्छा लिखूँ यही भूख मुझे हमेशा रहती है।

जितना कुछ भी अभी तक लिखा है वो बहुत कम लिखा है।

रेणू त्यागी

बंद खिड़की

इस बड़े से घर की बरसों से रास्ते वाली खिड़की बन्द थी। पर आज उसके पट खुले देख सभी को आश्चर्य हुआ था।

राहगीर आते जाते बड़े ही अचंभे में थे कि सदा बंद रहने वाली खिड़की आज खुली कैसे रह गई थी।

हर आने जाने वाले की निगाह उस तरफ जाती थी और लौट आती थी।

मन में वहम उठ रहे थे और लोग निकले जा रहे थे।

उस घर के ठीक सामने ही घर में एक बुजुर्ग महिला रहती थी।

वो जब कभी गली में बैठती थी तो महिलाएं उसे घेर लिया करती थीं।

उन्हें उत्सुकता रहती थी कि वही एक ऐसी महिला थी जो बुजुर्ग थी।

बहुत सालों से यहां रहती थी।

शायद ! इन्हें तो यहां के बारे में सब कुछ पता होगा ही।
यही आस लिए वो उस घर के बारे में जानना चाहती थीं।

ज्यादातर महिलाओं की आदत होती ही है कि अपने घर शीशे के हो न हो लेकिन औरों के घर में क्या होता है पता होना ही चाहिए।

बस यही आदत उन्हें बांधे रखने के लिए काफी होती है।

इसी आदत के चलते यहाँ की महिलायें उस बुजुर्ग महिला से गहराई से पूछताछ करती थीं।

मगर वो बुजुर्ग महिला भी अपनी उम्र के हिसाब से कुछ ज्यादा ही गहरी थी।

वो जब कुछ बोलती उस घर के लिए अच्छा ही बोलती थी। जैसे वो उनकी सबसे बड़ी हमदर्द हो।

कुछ महिलाएं तो वहां से समय बर्बादी कहकर उठकर चली जाती थीं।

जब कुछ पल्ले ही न पड़े तो समय बर्बादी ही हुई ना।

और कुछ तो डटी रहती थीं कि एक ना एक दिन तो बुढ़िया जरूर कुछ उगलेगी ही।

खासकर सर्दियों में साग पात साफ करने के बहाने से ही सही बतियाने का मौका मिलता ही था।

उस घर से कभी-कभी आवाज आती रहती थी।

खासकर उनमें मर्दों की आवाज ज्यादा ही सुनाई देती थी।

इधर कनखियों से सभी महिलाएं उस बुजुर्ग महिला के भाव पढ़ती रहती थीं।

हर वक्त एक दरबान उस घर के दरवाजे पर बैठा हुआ दिखाई पड़ जाता था।

इसलिए किसी की भी हिम्मत नहीं होती थी कि उधर कोई झांक भी ले।

बस एक उम्मीद थी कि एक ना एक दिन तो कुछ कहानी नई मिलेगी ही।

उम्मीद पर तो दुनियां कायम है।

गलती तो किसी की भी नहीं थी। अब कोई गली मोहल्ले में रहता है तो उसके बारे में अक्सर लोग जान पहचान कर ही लेते हैं।

सुख दुख में एक दूसरे के काम आना ही तो इंसान का धर्म है फर्ज है।

और यही समाज है। और जैसे समाज का तो हक भी बनता है कि जो भी मोहल्ले में रहता है उसकी पूरी जानकारी सभी को होनी ही चाहिए।

और जो अपने बारे में जानकारी ना देना चाहे तो वो लोग उसे घमंडी अमीर तो वैसे ही बना देते हैं।

फिर किसी को बुरा लगे या भला। उनकी नज़र में वो एक महान अपराधी बन ही जाता है।

यहाँ भी ऐसा ही कुछ मामला दर्ज था।

बस उन्हें इस घर के बारे में इतना ही पता चला था कि वो एक सभ्य पढ़े लिखे और अमीर लोग हैं।

नौकर चाकर घरेलू ही थे। वो भी चुपचाप अपने काम से ही घर से बाहर निकलते देखे जाते थे।

कुल मिलाकर वो घर एक रहस्यमयी हो चला था सबके लिए।

आज से नहीं करीब पचास सालों से यही हालात ठहरे थे उस घर के।

कुछ उड़ता हुआ सा सुना था सभी ने कि पहले यह खिड़की हमेशा खुली रहती थी।

एक रेशमी पर्दा इस खिड़की पर हमेशा लहराता रहता था।

किसी से यह भी सुना था लोगों ने कि इस खिड़की से कभी एक बहुत खूबसूरत लड़की झाँक लेती थी कभी कभार।

अब वो कौन थी कौन नहीं किसी को कुछ पता नहीं था।

जब महिलाएं उस बुजुर्ग से ऐसी कुछ बात पूछतीं तो बुजुर्ग महिला मुस्कुरा कर रह जाती थी।

जैसे उसे सब कुछ पहले ही से पता हो।

आज जब एक महिला ने उसकी दुखती रग पर हाथ रखा तो रामी टूटकर बिखर गई थी।

उसने अंजाने में ही रामी से कह दिया था कि अरे ! रहती होगी कोई वेश्या हवेली में तभी तो घर में आने जाने पर पाबंदी लगाई है। ऐसे ही कौन किसी को बंधक बनाता है या ऐसा ही कोई और कारण हो सकता है।

अरे! सुनो कोई भागी हुई होगी अच्छा है ऐसी गंदगी को बाहर नहीं निकलने दिया कभी?

नहीं तो हम लोग भी मुहल्ले में रहने लायक नहीं होते।

उस औरत की जुबान काफी चटाखेदार थी।

जितना वो बोलती गई थी।

उतनी ही टीस रामी के चेहरे पर बढ़ती गई थी।

पड़ोस में रहने वाली उस महिला को रामी एकटक

देखती रह गई थी।

बोलती भी क्या जबान तो बड़े लोगों की वजह से तालु से जा चिपकी थी।

सफाई किसको देती। सही में उस वक्त रामी को लगा था कि वाकई में एक औरत ही औरत की दुश्मन होती है।

कितनी जल्दी फैसले सुना देती है। ना जान ना पहचान फिर भी।

बिन सोचे ही कैसे किसी के लिए धारणा बना लेती है।

रामी चुपचाप से बैठी रही थी।

जबकि सभी महिलाओं ने उसकी हाँ में हाँ मिलाई थी।

पूरे दिन तो बुजुर्ग महिलाओं से घिरी रहती। रात होते ही सन्नाटे को चीरती उसकी आहें पूरे घर को भर देती थीं।

कैसे, क्यों, कब कहाँ। यही सवाल उसके जहन में ऐसे जहर घोलते थे। जैसे इस जन्म में उसे कभी शांति नहीं मिलेगी।

कैसे बताए वो किसी को कि उस हवेली में उसकी अपनी ही कोई है जो कैद रही उम्रभर।

इन पचास सालों से घुटन भरी जिंदगी से निजात नहीं मिली थी जिसको।

वही राज दफन थे उस बुजुर्ग के सीने में आंसुओं से ही दामन भीगता था हर रात उसका। चीखना भी चाहे तो नहीं चीख सकती थी वो।

सही कहते हैं लोग अपनी पीड़ा अपने को पता होती है दूसरे तो सिर्फ मजे लेते हैं।

सुलझने की बजाए उलझनें और बढ़ती हैं। लोगों को क्या बताती वो कि उसके जिगर का टुकड़ा ही तो थी उस हवेली में।

हर दिन उसके हाल पर और अपनी बेबसी पर न जाने कितने आँसू बहाए होंगे दोनों ने शायद ईश्वर को भी नहीं पता था।

बहुत ही बेबसी थी। कभी मिल भी न सकती थीं वो दोनों। मिलने पर भी पाबंदी जो लगाई गई थी।

एक दूसरे को देखना भी नसीब नहीं था।

उसके एक सच से पूरे परिवार की जिंदगी नरक हुई थी।

जरूरी तो नहीं था पर न जाने क्यों वो स्वार्थी हो गई थी और भावनाओं में बहकर सच बोल बैठी थी।

वही एक सच जो सबके लिए नीलकंठ बन बैठा था।

कभी कभी हम सही के साथ होते हैं तो समाजिकता में बहे लोग उसका बतंगड़ बना देते हैं।

वैसे समाज के लोग भावनाओं के कसीदे पढ़ते मिलते हैं रातदिन।

क्यों हुए हैं लोग स्वार्थी, बनावटी जो हैं उसे अपनाते क्यों नहीं, हकीकत से दूर क्यों भागते हैं?

बहुत से सवाल रामी के जहन में जब उठते थे तो। सिरदर्द बढ़ता जाता था।

जैसे बम फट रहा हो उसके सिर में।

आज रामी पहले ही से बहुत दुखी थी क्योंकि हवेली में आज उसका कोई अपना बहुत बीमार था।

वो उसे देख भी नहीं सकती थी। मिलने की आस तो बहुत दूर की बात थी।

उस पर ये समाज की खरीखोटी बातें आज उसके दिमाग को चटकने के लिए मजबूर कर रही थीं।

रात का दूसरा पहर हो चला था। पर रामी की आँखों में नींद नहीं थी।

था तो केवल अफसोस और आँसू जो कभी खत्म नहीं होंगे उसके जीते जी तो नहीं?

कैसा जीवन मिला था रामी को जैसे पिछले कर्म में कुछ अच्छा ही नहीं किया था उसने शायद!

बहुत बुरे कर्मों का फल उसे मिला था। उम्मीद थी कि कभी तो दिन भावर जाएंगे उसके पर नहीं हुआ ऐसा बल्कि उससे भी कहीं ज्यादा दुख उसे मिले?

और अभी भी कौन सी समाप्ति थी। दुखों का अंबार तो जैसे अभी उसके इंतजार में बाहर खटिया बिछाए उसके द्वार पर पहरा लगाए बैठा था।

आज एक कसैली सी हँसी आ गई थी रामी के चेहरे पर उसका नाम पहले रामी नहीं था।

उन्हीं कोठों की रौनक थी कभी उसकी मां भी। रामी की मां बहुत ही खूबसूरत थी। उसकी सबसे बड़ी खूबी थी उसका गायन। वो जब गाती तो लगता जैसे घण्टियां बज रही हों। हर सुर में सधी हुई एक लय थी। क्योंकि उसके धर्मपिता भी एक शास्त्रिय गायन के स्कूली अध्यापक थे जो माँ को गायन सिखाने आते रहते थे।

मां की ज्यादा जानपहचान भी उनसे वहीं कोठे पर हुई थी।

एक तरह से दोनों में बहुत ही प्रेम था यह बात कोठे की रानी मौसी जो उस समय वहां की मालकिन थी उसे पता थी।

मौसी को ऐसे सीधे साधे मास्टर पर ज्यादा भरोसा नहीं था।

या ये कह लो कि उसे माँ के पैसों का लालच ज्यादा था एक डर यह भी हो चला था कि कहीं माँ कोठे से भाग ना निकले। या फिर कहीं शादी के चक्कर में ना पड़ जाए।

अब कोई हाथ आई ऐसी लड़की को कैसे जाने दे। जो कमाकर देती रही हो। बस एक वादा माँ ने मौसी से लिया हुआ था कि वो कभी अपना जिस्म नहीं बेचेगी। चाहे तो उसे कोई नौकरानी बना कर रख ले वो मंजूर था। पर जिस्मानी तौर पर नहीं बिकेगी।

मौसी ने भी वादा किया था कि वो माँ पर कभी जबर्दस्ती नहीं करेगी क्योंकि मौसी को उतने ही पैसे उस गाने बजाने से मिल जाते थे। जितना और लड़कियों के जिस्म बेचकर भी नहीं मिलते थे।

मौसी हमेशा नज़र रखती थी माँ पर।

इधर आस पास के इलाके में माँ के गायन की खूब चर्चा होती थी।

कोई भी कार्यक्रम होता तो माँ को बुलाया जाता था।

साथ में स्कूली मास्टर को भी बुलाया जाता था।

क्योंकि दोनों की तुकबंदी पूरे शहर गांव में मशहूर हो गई थी।

माँ भी हर तरह से गीत संगीत में डूब चुकी थी।

कभी कभी मास्टरजी आते संगीत सिखाते और चले जाते।

मन ही मन दोनों एक दूसरे को चाहने लगे थे। बस कहते इसलिए नहीं थे कि मास्टरजी को समाज में उठना बैठना पड़ता था और मां का समाज कोई था नहीं। उसका समाज तो वो कोठा ही था।

जिसमें उसे उसी हाल पर ही रहना था जिस हाल में मालकिन रखती।

मात्र कठपुतली ही तो थी वहां रहने वाली सभी लड़कियां। उनके जीने का अधिकार भी उसी के हाथ ही था।

ना जाने क्यों मौसी की नज़र में माँ औरों से बेहतर थी। माँ की कुछ भावनाओं का ख्याल तो मौसी ने हमेशा ही रखा था।

कभी कभी तो लाड़ प्यार में मौसी कह भी दिया करती थी।

सुन ध्यान रखना मैं ना हूं तो तू कहीं की भी ना रहे। यह तो मैं ही हूं जो तुझे इस गन्दी दुनियां से बचाकर रखती हूं। नहीं तो एक दिन भी न लगाएं ये दुनियां तुझ जैसी को नोचने में।

इधर माँ भी सिहर जाती थी ऐसी बातें सुनकर और बेफिक्री से हँस पड़ती थी। माँ को पता था कि इस बात में कोई दो राय नहीं है।

मौसी एक धाकड़ महिला थी। उसने कोठे पर बड़े बड़े पहलवान तैनात किए हुए थे। बड़े बड़े लोगों से जान पहचान थी मौसी की इसलिए कोई भी व्यक्ति गलत हरकत नहीं करता था कोठे पर। पर जब नसीब खराब हो तो इंसान कुछ नहीं कर सकता।

इतने समझाने के बाद भी माँ के कदम बहकने लगे थे। जवानी के बहाव में अच्छे अच्छे बह जाते हैं। माँ के कदम उस मास्टरजी की तरफ बढ़ चले थे। जो कुछ हद तक समाज के बंधनों में जकड़े हुए थे।

वो सिर्फ भाषणबाजी से दुनियां को ठगते थे। जबकि

डरपोक थे। उन्हें अपना समाज बहुत प्यारा था।

माँ ठहरी थी भोली। उसने तो कोठे के सिवा बाहरी दुनियां देखी तक न थी। वो क्या जानती इस निर्मोही दोगले समाज को।

वो कहते हैं ना जिसे दुनियां में आना होता है वो आकर ही रहता है।

एक दिन वही हुआ, मौसी किसी काम से दो दिन के लिए दूसरे शहर गई तो इधर अकेलेपन में माँ भी स्कूली मास्टरजी के सुपुर्द हो गई।

गुरु और शिष्य का रिश्ता जिस्म से होकर बह निकला था।

नतीजा क्या होगा नहीं जाना और ना ही कोशिश की गई।

भावनाओं में बहकर माँ भी यही एक गलती कर ही बैठी थी।

मौसी को वादा दिया था कि कभी ऐसी गलती नहीं करेगी।

वही टूट गया था।

मास्टरजी कुछ दिनों तक तो आते रहे। धीरे धीरे आना जाना फिर कम होने लगा था। नज़र चुराने लगे थे मास्टरजी।

जब तक मौसी को पता चला कि माँ पेट से है। तो खूब खरीखोटी सुनाई और माँ से मारपीट की गई।

इधर मौसी ने पेट गिराने की बात की तो माँ ने पैर पकड़ लिए थे मौसी के।

नहीं नहीं मौसी ऐसा नहीं करो। मैं अपने काम को बखूबी अंजाम देती रहूंगी पर मेरे इस बच्चे की हत्या मत करो।

कम से कम यही मेरे जीने का एक सहारा बन जायेगा। उम्र भर एहसान रहेगा।

बहुत गिड़गिड़ाई थी माँ मौसी के सामने।

उधर मौसी परेशान हुई थी कि अब कौन और कैसे क्या होगा इसका?

वेश्या जरूर थी मौसी पर माँ का दर्द और बच्चे की परवरिश कैसे होगी कौन बच्चे का पिता होगा सब ऊंच नीच जानती थी वो।

बहुत समझाती रही थी माँ को पर माँ तो मां थी। नहीं मानी थी। मौसी ने भी अब उम्मीद छोड़ दी थी। सांत्वना देने के सिवा और कोई चारा था नहीं अब।

अब हालतों के आगे झुकना ही सही लगा था दोनों को अब वही मौसी चुपचाप माँ के सिर पर हाथ रखने लगी थी। आखिर मौसी शब्द उन्हें माँ होने का अहसास दिला ही गया था।

उन्होंने मास्टरजी के घर अपने कुछ आदमी भेजे थे तो पता चला था कि मास्टरजी तो कब के गांव छोड़ जा चुके थे। वो अपनी फीस वसूल कर गए थे।

भोली भाली औरतों को यहाँ गर्त तक ले जाने वाले मर्द क्या जाने कि उनके जाने के बाद एक औरत पर क्या गुजरती है।

सब्ज बाग दिखाकर ही तो बरगलाते हैं मर्द। वो भावनाओं के खरीदार होते हैं।

जिस्मानी रिश्ते तक ही जरूरत महसूस किया करते हैं वो। वो अपनी माँ तक को ना बख्शें।

जन्म लेते ही औरतों के मन पुरुषों से बंध जाते हैं। औरतों के मन मे भी फर्क आ जाता है।

लड़की होने पर दुख और लड़का होने पर खुशी।

बार बार पैदा हुए लड़के को चूमकर औरत यही दर्शाती है कि उसने एक मर्द को जन्म दिया है।

वो ही एक दिन उसका मजबूत सहारा बनेगा। वही वंश वृद्धि करेगा। वही उसे स्वर्ग तक का रास्ता दिखायेगा। रक्षा करेगा उसकी।

उसके जन्म की खुशी में अपने सभी गम भूल जाती है हर एक औरत?

है ना विडंबना?

इसी तरह की विचारधारा के रहते हुए मर्द सिर्फ अपने लिए ही सोचता है। ज्यादातर वो भाग जाता है अपनी कामनाओं की पूर्ति करके एक रक्षक के नाम पर और वहीं एक लड़की के जन्म पर दुख मातमी जीवन का प्रारंभ शुरू होता है।

लड़की के होने पर तो अमीर की आँखों मे भी मातम देखा जा सकता है।

कुछ महीनों में सब कुछ ठीक होने लगा था। माँ की देखरेख में कोई कमी न रखी थी मौसी ने।

इधर माँ भी आम औरतों की तरह ही बस एक ही रट लगाए हुए थी कि उसके लड़का ही पैदा हो।

लड़की नहीं?

मौसी कई बार झिड़क देती थी कि लड़की में क्या बुराई है री?

ईश्वर को जो मंजूर हो पर सब अच्छे से हो जाये अब तो।

पर माँ को लड़का ही चाहिए था। हँसकर मौसी कहती ठीक है जैसे तेरे भगवान की मर्जी बस मेरी भोली लाड़ो।

और माँ को बड़ा प्यार दिखाती।

ऐसे ही एक दिन माँ चुपचाप बैठी रियाज कर रही थी तो मौसी पास आकर बैठ गई।

बोली देख अब तू आराम किया कर।

ज्यादा रियाज सही नहीं देर तक मत बैठा कर।
आ चल इधर बैठ तेरे बालों में तेल लगा दूँ

कितने दिन हो गए है। बिल्कुल ध्यान नहीं रखती तू अपना।

माँ को अपने पर इतना प्यार आया देखकर। मौसी से बोलीः-

एक बात कहनी थी मौसी...

मौसी ने तेल लगाते हुए ही कहा...हाँ बोल क्या है?

माँ ने मौसी के पैर पकड़ लिए थे।

मौसी अवाक रह गई थी बोली अरेरेरर यह क्या पगली तेरे मन में जो है वो बता।

माँ बोली...मौसी मेरे बेटा हुआ तो मुझे खुशी होगी या नहीं पता नहीं।

लेकिन यदि बेटी हुई तो दुःख बहुत होगा मुझे।

मौसी बोली दुःख क्यों होगा। वो भी तेरी तरह ही सुंदर होगी। तेरी जगह वो संभालेगी।

और क्या दुःख इसलिए ही होगा क्योंकि बेटी कोठे पर जन्मेगी तो कल को वेश्या ही बनेगी।

और ना जाने किस किस की झूठन बनेगी

कितना धिक्कारेगी मुझे तुझे?

मौसी सब समझ रही थी पर चुपचाप माँ की बात सुनती रही थी।

इधर माँ अपने मन की बात कहने में लगी हुई थी।

तभी मौसी ने कहा था तू चिंता न किया कर मैं हूँ ना।

मैं तो तेरी हर बात को समझती रही पर एक तू नासमझ निकली। देख अब नतीजा क्या हुआ।

अरी ! हम वेश्याओं के नसीब में घर परिवार नहीं होते हैं।

जिनके हुए वो नसीब वाली थीं।

पर हमें तो कोटे मिले कोटियों में तो बियाही हुई सेटाणी रहवे हैं।

अपने नसीबों में पति नहीं होते हैं। मेरी जान, नसीब ऐसे होते तो मैं कब की बियाही जाती।

सुन... ऐसी गलती मैं भी कर चुकी हूं।

सुन री लाड़ो... हमें बहकाने वालों की फेरहिस्त लम्बी है री।

इसलिए ही मैंने भावनाओं का चोला उतार कर। क्रूरता का चोला पहन रखा है।

यदि मैं भी यह ना करती तो तुम जैसियों को कौन छोड़ता अभी तक।

नोच लेते बोटियां भी... ना बचता नामोनिशान तक भी।

माँ बड़े ध्यान से सब सुन रही थी।

तभी माँ ने कहा था कि मौसी तेरे पैर पकड़ती हूँ मैं, मेरी बेटी हुई तो तुम उससे धंधा नहीं करवाओगी।

वो भी मेरी तरह ही गीत संगीत सीख कर तुम्हारी सेवा करती रहेगी उम्रभर?

मैं जब तक हूँ तब तक तुम उस पर हक नहीं जताना कभी।

और यह कहकर माँ ने मौसी के आगे हाथ जोड़ लिए थे।

एक माँ कितनी मजबूर हो सकती है।

शायद! ऊपर वाले को पहले पता होता है।

माँ को शायद अब भनक लग गई थी कि उसके लड़की ही पैदा होगी।

महान होती है ये मायें ... अपने बच्चे के बारे मे सब पता कर लेती हैं।

सुबकती हुई माँ को चुप कराने में व्यस्त हो गई थी। मौसी।

ईश्वर की बहुत कृपा ही समझो जो मौसी माँ पर इतनी दया रखती थी। ना जाने क्यों?

नहीं तो एक वेश्या होकर वो मजबूरी का फायदा ना उठाये ऐसा तो बस फिल्मों में ही देखा जा सकता था।

माँ ने कितनी चीत्कारें सुनी थी अपनी इस जिंदगी में।

ना जाने कितनी लड़कियां आईं गईं कोई हिसाब ही नहीं था।

उन किस्मत की मारी लड़कियों की प्रार्थना का कोई असर नहीं दिखता था मौसी पर।

जब पैसों की ललक लग जाये तो जज्बातों की कदर करे कौन?

इस शहर में मौसी जैसी औरतें कदम कदम पर धंधे पर बैठी हुई थीं।

उनमें से कुछ ही ऐसी थीं जो भावनाओं को तवज्जों देती थीं।

लड़कियां छटपटाती थी मगर यह ऐसी जगह थी जहां

से निकलना तो दूर की बात थी। सोचना भी बेकार था। हर लड़की की मजबूरी का पूरा पूरा फायदा उठाना ही जैसे इस जगह का अधिकार था।

कुछ जो पुरानी होती जाती थीं उन्हें कोठे की नौकरानी बनाकर रख लिया जाता था।

पर वो भी बाहर नहीं जा सकती थीं। पुलिस कानून सब पैसे के लालची थे। कोई हिम्मत करके तो देखे जिंदगी जहन्नुम बनते देर नहीं लगती थी।

लेकिन औरों को देखते हुए मौसी फिर भी सही थी। बीमारी में पूरी सेवा। खाना पहनना सब बहुत अच्छे से होता था।

हां बस मौसी को धोखा पसंद नहीं था।

माँ की पहली गलती समझ कर माफ किया गया था।

पर यहाँ भी अपनी मर्जी किसी की नहीं चलती थी।

सब मौसी पर दारोमदार था। सब जैसे कठपुतलियों को नचा रहा हो कोई।

माँ तो कभी कभी बोल देती थी। मौसी क्यों इतना जुल्म करती हो इन सब पर। फिर मौसी की तिरछी नज़र... माँ भी सहम जाती थी।

मौसी ने एक दिन कहा था। देख तू ना ज्यादा मत सोचा कर इन सबके लिए।

मैं तो इतना ख्याल रखती हूं सभी का। मेरी जगह कोई और होती ना तो अब तक तू और इनमें से कई परलोक सिधार गई होतीं।

कम बोला कर सुखी रहेगी। माँ माफी मांग चुप ही रहती थी। फायदा भी तो कुछ था नहीं।।

कभी कभार तो लगता था जहन्नुम ही सही था।

धीरे धीरे वक्त बीतता गया।

माँ को संभालने में मौसी ने कोई कसर बाकी नहीं रखी थी।

अक्सर हालतों पर निर्भर करती है जिंदगी।

तवायफ हो या कामकाजी महिला या फिर घरेलू महिला हो।

हालात बहुत ही पेचिदा से होते जाते हैं। न जाने क्यों पुरुषों का वर्चस्व इतना बलवान क्यों होता है कि महिलाएं चाहे जितनी भी कोशिश कर लें। वो पुरुषों की गिरफ्त से बाहर जा ही नहीं पाती हैं।

उनको ब्याह कर लाने वाला भी एक पुरुष ही होता है कन्यादान करने वाला भी और बेचने वाला भी, खरीदने वाला भी ....।

उसके जीवन में पुरुषों के अलावा कुछ भी नज़र नहीं आता है।

सभी रीतिरिवाजों का सर पुरुषों के आगे ही झुकता है।

वो एक देवता की भांति विराजमान है यहां।

नारी दूसरे नम्बर पर है। वो सदैव एक अर्धांगिनी है।

उसे हर हाल में अपना अस्तित्व पहचानने के लिए एक न एक पुरुष की मदद में रहना ही पड़ेगा।

उसे पुरुषों की शरण में आना ही पड़ेगा।

यदि उसे सम्मान चाहिए....सुरक्षा चाहिए....।

यहां तक कि दाई भी जब एक पुरुष बालक की जानकारी देती है तो। हर महिला के चेहरे पर नूर आ ही जाता है।

एक प्रतियोगिता ही समझो बस?

वो एक आधार है। उसे ही प्रयत्नशील मान लिया जाता है।

वही है जो वंशवृद्धि करेगा बिना दर्द पीड़ के। उसे जरूरत नहीं होती है नौ महीने किसी को कोख में रखने की।

ना ही प्रजनन पीड़ा की?

फिर भी एक सहानुभूति सदैव ही उसके साथ होती है।

उसी का नाम पीछे पीछे चलेगा उम्र भर।

क्योंकि वो एक मेहनती, चलायमान, सुरक्षित वंशज जो ठहरा।

जन्म लेती हैं उसकी आकांक्षाएं, प्रबलता, जबरनता, हठ, उसकी अपेक्षाएँ। और सबसे बड़ी विडंबना उसकी शारीरिक पूर्ति।

हाँ। यही शारीरिक पूर्ति ही तो है जो महिलाओं का जीवन नरक बना देती है।

क्या एक पुरुष की वासना पूर्ति करना ही महिलाओं का धर्म है।

चाहे इसमें महिला की मर्जी हो कि नहीं उसे बिछना ही पड़ता है बिस्तर पर।

हर रात हर दिन भोग का जरिया बनना ही है।

इसी वासना की पूर्ति के लिए पुरुषों के इस समाज ने बना दिये नियम विवाह के नियम। एक गठबंधन जिसमें स्त्रियां एक जानवर की भांति बांध दी जाती हैं खूंटे से नाक कान गले तक मे चिन्हों के बोझ तले।

छिदवा दिए जाते हैं उसके अंग ताकि वो याद रखें कि वह एक भोगविलास की वस्तु है।

उसे अपने और पूरे परिवार के सभी सदस्यों के लिए

जीना है।

और अंततः इस जीवन के अंत तक उसे भोग्या बनकर ही मरना है।

उसकी मर्जी का कोई मोल नहीं होता है। वो विवाह जैसी संस्था के लिए भेंट चढ़ा दी जाती है।

उसके प्रेम और उसकी भावनाओं की कोई परवाह किये बिना ही। एक अजनबी पुरुष की भोग्या बनकर वो कहलाती है अर्धांगिनी।
फिर उसकी हर रात गुजरती है दर्द की गलियों से सिसकियों में ....वो भूल जाती है प्रेम.... आत्मसम्मान....जीती है वेदनाओं में।

दिनभर कमरतोड़ मेहनत तो महिलाएं भी करती हैं मगर कभी भी नहीं करती मांग किसी के शरीर की।

नहीं खेलती किसी की मासूम भावनाओं से थककर। उसे नहीं चाहिए होती है किसी की वासना। ना ही कोई नशा।

उसे तो चाहिए होता है कुछ आराम अपने निढाल शरीर के लिए। एक आत्मिक शांति, प्यार, स्नेह जो केवल कुछ पल आँख मूंदने से भी मिल जाता है।

पर उसकी इस दो पल की जिंदगी पर भी पुरुषों का ही वर्चस्व होता है।

निढाल शरीर को आराम की अवस्था में देख जाग उठती है पुरुषों की लोलुपता, वो वासना जो उनका जन्मसिद्ध अधिकार होती है।

वो रौंद जाते हैं मुस्कुरा कर पल भर में ही...ऐसी निढाल स्त्रियों को। और सहलाने की बजाय पीछे छोड़ जाते हैं वो कराहती हुई स्त्रियां जो उन्हीं के लिए तो आई हैं। और

बता जाते हैं कि उनका यही तो काम है। नहीं भूलने देते उन्हें उनकी यही जिम्मेदारियां।

इधर भोगने के बाद दर्द सहती हुई स्त्रियां समेट लेती हैं अपने अस्त व्यस्त कपड़े।

और उठ कर लग जाती हैं अपनी किस्मत को कोसते हुए चूल्हे चौके में।

सुलगती हुई महिलाएँ हर दिन जलाती हैं चूल्हे जो रात तलक सुलग कर गर्म रहते हैं। तैयार रहते हैं उनकी ही तरह जिस्मों की आग बुझाने के लिए।

चटकती है आग उनकी भी...आवाज जाती रहती है दूरतलक, धीरे धीरे एक आदत बन जाती है।

फिर आने लगती है मुस्कुराहट चेहरों पर...गुलामी की लकीरों के बीच?

हाँ फिर एक आदतन औरत तैयार होने लगती सब कुछ सहने के लिए।

क्या पता कब पुरुष को उसकी जरूरत पड़ जाए। कब वासना सिर उठा ले?

डर भी तो जाती हैं महिलाएं क्योंकि पुरुषों ने अपने लिए और बहुत से साधन वासना के जुटा लिए होते हैं।

इधर महिलाओं ने नानुकुर की उधर पुरुषों को बाहरी ठिकाने तैयार मिलते हैं।

जिन्हें आम भाषा में वेश्यालय कहा जाता है।

जहां भोग और भोग्या दोनों ही दर्द से गुजरते हैं। फर्क इतना है कि वहां दर्द को भी आराम समझा जाता है।

घर की मान मर्यादा ताक पर रख दी जाती है।

उन्हें हर दिन खरीदा जाता है। पर पैसों का खुमार

इतना कि उन्हें शरीर का दर्द कम लगता है।

उछले हुए सिक्कों की खनक में दब जाता है दर्द उनका।

या कुछ की मजबूरी भी होती है।

दोनों ही सूरतों में छलता तो पुरुष ही है?

इधर छल कपट से दूर अपने को डुबो देती है औरत

किससे छल करे कहीं न कहीं उसे मर्द ढूंढ ही लेता है। सजा के तौर पर शारीरिक प्रताड़ना उसका जन्म सिद्ध अधिकार जो ठहरा।

नहीं मुकाबला कर सकती है औरत। कैसे करेगी मुकाबला हर महीने में निकल जाती है शक्ति क्षीण होकर रह जाती है औरत, दिन ब दिन क्षीण?

मूछों पर ताव देता हुआ मर्द आँखों से तौलता हुआ जिस्म भीतर तक छलनी किये देता है।

रूह तक कांप जाती है औरत की पर परवाह किसे। मर्द का वश चले तो औरत का जिस्म नोच ले अर्थी से उतार कर भी।

उसके त्याग समर्पण की परिभाषा मर्द के पैरों तले रौंद दी जाती है।

ना जाने मर्दों को यह सब सिखाता कौन है, क्यों नहीं समझते हैं? आत्मा की भाषा क्यों केवल जिस्मानी रिश्ता ही समझ आता है उन्हें?

रात के अंधेरे में प्रेम समझाने वाले मर्द दिन निकलते ही कुटिल मुस्कान देखते हुए निकल जाते हैं, जैसे पहचानते ही नहीं बस इस्तेमाल किया और सब खत्म।

कभी कभी माँ सोचती थी कि उसके यहाँ लड़का हुआ

तो वो उसे आदर सम्मान सिखाएगी औरत के लिए महीनता से प्रेम करना सिखाएगी। ताकि वो किसी औरत को नोचे बिना ही उसकी रूह तक उतरे।

यदि औरत चाहे तो कोई मुश्किल नहीं था यह सब? शायद ! औरतों ने ऐसा करना कभी चाहा ही नहीं था चाहती ऐसा तो कोई मर्द औरत का फायदा नहीं उठाता।

सब गलतियां औरतों की ही हैं।

मन मे ग्लानि के भाव आते जाते रहते थे।

कभी कभी तो माँ का मन करता था सबको जहर दे दे और आजाद कर दे इन सभी लड़कियों को जो हर पल गुजरती हैं इस नरक से।

छटपटाहट में निकल जाता था पूरा दिन, कुछ लड़कियां आदि हो चुकी थीं नशे की क्योंकि नशा देकर इस नरक की पूर्ति कराई जाती थी।

वाह रे समाज के कट्टरपंथियों दिन में शराफत का चेहरा लेकर कैसे साफ बन जाते हो और रात में तेरे जैसा जल्लाद शायद कहीं होगा ही नहीं।

सफेदपोश कहीं के... आक थू।

घृणा से मुँह फेरकर कब तक जीती। फिर सोचती थी कि कम से कम मैं तो इस गिनती में नहीं हूं।

कैसी भी हूँ अभी तक सुरक्षित हूं।

नहीं तो यही हाल माँ का भी होता?

यह सोचकर सिहरन सी बन जाती थी शरीर में

अपने कमरे में रात दिन ऐसे ही सोचकर गुजारती रही थी माँ।

उसे अब चिंता सताने लगी थी कि कहीं उसकी बेटी

हुई तो बहुत मुश्किल होगी?

उसकी जिंदगी तो गुजर गई लेकिन कहीं उसकी बेटी उसकी तरह ही सुंदर हुई तो लोगों की नज़र तो बाद में लगेगी पहले तो मौसी की नज़र ही खा जाएगी उसे।

बस इसी चिंता में घुलती रहती थी रातदिन।

यहां से निकलने का भी कोई रास्ता नज़र नहीं आता था।

प्रसव के दौरान यदि उसे कुछ हो गया तो उसकी बेटी का जीवन नरक हो जाएगा।

यही सोचते हुए रंग पीला पड़ जाता था माँ का।

मन मे चल रही हलचल को मौसी भांप लेती थी।

पर ऊपरी तौर पर बस?

माँ ७वी कक्षा में थी जब नानी का देहांत हुआ था। एक छोटा भाई भी था जो किसी बीमारी का शिकार हुआ था। चाची ने उसे घर के काम काज में लगा दिया था। इधर चाचा किसके सगे हुए थे। नानी के मकान पर कब्जा जमा माँ को घर की नौकरानी बनाकर रख लिया था। नादान बच्ची थी दुनियांदारी नहीं समझती थी। जैसे कोई कहता वैसे करती थी। दो वक्त की रोटी भी बड़ी मुश्किल में मिलती थी। जैसे तैसे जिंदगी रोकर गुजर रही थी। नानी के गुजरने के बाद पहली ही दिवाली पर चाचा ने कपड़े दिलवाने के बहाने बाजार में ले जाकर बेच दिया था किसी व्यक्ति को। चंद सिक्कों की खनक ने बचपना छीन लिया था।

नासमझी में माँ ने शोर मचाया तो उसने किसी ओर के हवाले कर दिया था।

बस शुक्र यह था कि अभी तक जिस्म सही सलामत था

किसी ने अभी तक जिस्म को नहीं नोचा था।

ऐसे ही बिकते बिकते एक दिन किसी बाजार में मौसी की नज़र माँ पर पड़ गई थी तो ले आई अपने कोठे पर। जैसे जैसे माँ बड़ी होती गई वैसे ही रूपवान होती गई थी। माँ को पहली बार पता चला था कि अब वो जिस पिंजड़े में कैद हुई है वहां से निकलना अब संभव नहीं था।

शारीरिक रूप से भी माँ को जवां होने का अहसास तब हुआ था जब एक वहीं रहने वाले चौकीदार ने माँ से बलात्कार करने की नाकाम सी कोशिश की थी।

माँ इतना डर गई थी कि तेज बुखार से पीड़ित हो जान पर बन आई थी।

पहली बार मौसी ने उसे अपना माना था और कहा था कि अब से तुझे कोई हाथ नहीं लगाएगा तेरी मर्जी के बिना। माँ भी अब आश्वस्त हो चली थी।

कभी कभार गलत व्यक्ति भी विश्वास पात्र हो जाते हैं जैसे मौसी थी। गलत काम के बावजूद भी ममता दर्द कहीं न कहीं कोने से उभर ही आता था। शायद इंसान गलत कर्मों की वजह से ही अविश्वसनीय होता है।

कुछ की मजबूरियां बहुत होती हैं। पर नेकनीयती जरूर किसी कोने में जन्म लेती रहती है।

माँ को लिखने का बहुत शौक था। जब तब लिखने बैठ जाती थी।

बहुत दुख होता था उसे कि पढ़ने के दिनों में ही तो उसके हाथ से किताबें छीनकर काम पकड़ा दिया गया था।

बीते दिनों की याद करके बहुत रोती थी।

कभी कभी मौसी कहती थी कि तू क्या लिखती है इस

पुस्तक में। क्योंकि मौसी अनपढ़ थी।

बस कोई कविता या कोई कहानी बनाकर सुना दिया करती थी माँ मौसी को।

मौसी भी कल्पनाओं को सच मान लिया करती थी। हकीकत में तो माँ अपनी आपबीती ही लिखा करती थी

अपनी आपबीती पुस्तक को सबसे छुपाकर रखती थी माँ।

यही वह किताब थी। जिससे माँ के अस्तित्व की पहचान हुई थी मुझे?

गांव से निकली एक बच्ची जो नहीं जानती थी कि बाहरी दुनियां कितनी निर्दयी होती है। इस दुनियां में हर कोई खिलौना है और हर कोई खिलाड़ी है।

यहां किसी को किसी के जज्बातों और एहसासों की कोई कदर नहीं है न ही कुछ समझने की जरूरत है।

शिकार बहुत हैं और शिकारी भी बहुत हैं। कोई सो गया है कोई रो गया है। कोई छूट गया है। कोई छोड़ गया है।

सब अपने अपने कर्मों के भोग्या हैं बस।

कहाँ से आये किधर जाना है कोई खबर नहीं है किसी को।

बस भाग रहे हैं एक दूसरे के पीछे किसी के पावों में कितने छाले है। खबर नहीं है।

कोसते हैं उम्र भर कर्मों को, खुद को?

मंजिलों को ढूंढते हुए राहे भटकते हुए पहुचेंगे कहाँ .?

मौत आखिरी सफर होगा और मंजिल भी।

फिर बेचैनियां, कुछ पाने की लालसाएँ, मोह बंधन।

रिश्ते सब यहीं छूट जाने हैं।

सब कुछ गलत सही मिल जाये स्त्रियों को पर कोई दर्द वेश्यावृत्ति से बड़ा नहीं शायद?

गलियों से गुजर कर गलियों तक का सफर ही वेश्या है

तन मन का सुख देने वाली यह वेश्या ही एक अभिशाप है समाज के लिए?

हर कमरे से गुजरते हुए महसूस होता है। सिसकियों में दबा अस्तित्व। दर्द जो हमेशा बन्द कमरों में दबकर रहता है।

चीख जो सुनकर भी नहीं सुनाई देती है। कान बन्द करके भी वहां से गुजरने पर मजबूर करते हैं।

पीकर हो हल्ला मचाने वाले मर्द। नहीं भूल पाते हैं गाली देना जिस्म को नोचने के बाद भी रंडी कहना नहीं भूलते।

शायद ! वो उन्हें याद दिलाते हैं उनकी औकात।

तड़प कर रंडिया भी उतर आती हैं अपनी औकात पर और जता देती हैं कि उन्हें नोचने वालों तुम भी दुआ के काबिल नहीं हो?

उतर आती हैं वो भी जिस्मों की आंच ठंडी होने पर गालियों पर... जा रे हरामखोरों बेवड़ो डूब मरो।

अरे जा जा रंडियों अपना मुंह छुपा ले साली मादरचोदों दो टके की जबान लड़ाती हैं।

तभी हाथापाई होती है चटाक की आवाज में मर्द फिर भी जीत जाते हैं।

खूब तू तू मैं मैं के बाद चुप हो जाते हैं रास्ते वो तंग गलियारों के।

इधर कुछ सिसकियों के बाद सो जाती हैं सब की सब नींद के आगोश में।

बड़बड़ाते हुए नशे में अगले दिन के लिए फिर वही

कहानियां दोहराई जाने के लिए।

गलियारे पान की पीक से भरे पड़े होते हैं।

शायद ! अपनी गलतियों को थूकते हैं हर दिन यहां लोग

पर फिर भूल भुलैया में भूल जाते हैं कि जिस्म की इच्छा इतनी तेज होती है कि कल मर्द फिर से आएंगे यहां और फिर से थूकेंगे और लौट जाएंगे अपने अपने घरों को।

फिर से सब खेल जाएंगे, भावनाओं से रौंद जाएंगे जिस्मों को।

थककर फिर से रात गुजर जाएगी?

फिर से नए फूलों के गजरे बिकेंगे आइनों में जवानियाँ सजेंगी, अरमान बिखरेंगे, दर्द मिलेंगे, आह निकलेंगी, कुछ हसरतें जन्म लेने से पहले ही बह जाएंगी नालियों से और बहुत कुछ रातों में होता है यहां।

दो पलों का सुकूँ ढूंढते हुए लोग मर जाते हैं अपनी ही नज़रों में उतर जाते हैं समाज की सीमाओं को बहा ले जाते हैं?

बस दो पल के लिए ही सही, फिर शायद ! होती होगी आत्मग्लानि आती होगी शर्म।

पर कुछ ही पलों के लिए, फिर आदतन हो जाते हैं लोग यहां आने जाने वाले।

जिस्मों को पाने की चाहत में क्या कुछ नहीं कहते होंगे वादे इरादे भी तो होते होंगे?

पर फिर जब पा लेने के बाद की आत्मग्लानि ठगा सा महसूस कराती होगी तो ही तो हाथापाई पर उतारू होते हैं लोग यहां।

अपनी कमजोरियों को दूसरे के बहाने हर दिन लाद कर चलने की आदत का सारा अपराध मढ़ देते हैं इन वेश्याओं पर।

अपनी चादर पर कोई दाग कहाँ कोई बर्दाश्त कर सकता है।

शुरुआती दौर में आने वाली लड़कियों की चीखें चीर देती हैं कलेजों को।

वो विरोध के बावजूद भी शिकार होती हैं, नहीं लड़ पाती हैं, उन मर्दों से जो जबर्दस्ती सब कुछ पाने में सक्षम होते हैं आदतन।

वो नहीं डरते हैं किसी से भी क्योंकि उन्होंने कीमत अदा की होती है?

इसलिए शायद लड़कियों के होने पर मातम मनाया जाता रहा है कि वो लड़ नहीं पाएंगी किसी से.... उसे सदैव ही कमजोर पाया जाता रहा है कुछ हद तक सही भी है यह सब मर्द अपनी पूरी ताकत के साथ स्त्री पर हावी होता है ब्याह के बाद भी तो यही सब होता है। उसकी इच्छा भावना, दर्द अहसास, जज़्बात कौन ध्यान में रखता है।

वंशवाद के नाम पर हर दिन उसे बिस्तर पर दर्द झेलना पड़ता है। मर्जी हो या न हो सदियों से यही त्रासदी रही और रहेगी।

जब कीमत दे दी तो चीज हाथ से क्यों जाने दे। हक बनता है पूरी तरह से कैसे खेलना है उस खिलौने से। हद जब बढ़ जाती है तो खिलौने टूट जाते हैं। परवाह किसे होती है?

कुछ लड़कियां बीमार हो मुक्ति पा जाती हैं इस जहन्नुम से।

कुछ एड़ियां रगड़कर जीती हैं और कीमतें वसूल होती रहती हैं।

जब तलक जिस्म में जान बाकी रहती है।

कईयों को मौके नहीं मिलते संभलने के तो अनचाहे

गर्भ रह जाते हैं।

फिर गर्भपात की समस्या और एक नई मुसीबत और जान जोखिम में?

मगर मरता कोई मरे किसी को क्या पड़ी है मर ही तो जाएगी।

कानून अपनी जेब में है तो फिर डर कैसा?

कानून के रखवाले खुद आ धमकते हैं अपनी चाहतों का पिटारा लेकर?

आखिरकार वो भी तो इंसान हैं जिस्मों की भूख तो उन्हें भी लगती है।

अपनी लुगाई से जी भर गया तो रंडी ही सही।

घर की मुर्गी दाल बराबर।

कोई भी मर्द घर में नहीं बताएगा कि वो रातभर कहाँ रहा।

दिन में पाक साफ बनकर मुस्कुराते हुए कितने जहीन लगते हैं यह सभी लोग।

कितने मासूम दिखते होंगे लेकिन कितने बेशर्म बेदर्द दिखते होंगे जब आईने देखते होंगे।

कैसे निवाले खाते होंगे परिवार में बैठकर शायद सभी ने सोचना छोड़ दिया होगा।

अब सभी को अपने अपने दर्द बड़े लगते हैं। तभी तो औरों के दर्द पर मुस्कुराते हैं लोग।

मौसी ने कोठे के पिछवाड़े में जो कमरा दिया था वो सबसे दूर था।

जरूरत का थोड़ा सा समान देकर माँ को अलग रख छोड़ा था मौसी ने।

माँ भी कुछ ज्यादा ही भावुक थी इसीलिए मौसी उसे सबसे दूर रहने की सलाह दे जाती थी।

इधर माँ की आँखे अपने गम से ज्यादा औरों के गम में भीगी रहती थीं।

जो कोठे पर रह ले। उसके गम तो कोई न सुन सकता है और न ही कह सकता है।

यहां के रिवाज ही अलग होते हैं।

सूनापन, अकेलापन, सिसकती जिंदगी बस और क्या कहना क्या सुनना?

माँ ने अपनी डायरी में लिखा था कि दहशत का एक खेल था यहां।

कभी कभार कोई मर्द यदि गलती से उधर को आ निकलता था तो माँ की सांसें थम जाती थी।

लगता था जैसे अभी जिस्म नोच लेगा वो खत्म कर देगा सब।

शराबियों को क्या पता किसे कब क्या कहना चाहिए।

वो तो बेहिसाब पीकर आ धमकते थे।

जिस्म की इस मंडी में।

इधर माँ को सातवाँ महीना चल रहा था। फिकर में डूबी कभी कभी रियाज कर लेती थी बस।

मेरे जन्म की कोई खुशी होती भी कैसे?

मैं कोई राजकुमारी थोड़े ही थी। एक नाजायज रिश्ते की बागडोर थी मैं तो।

एक साजिश थी माँ की आत्मा को लहूलुहान करने वाली एक मनहूस लड़की जो कोख में जन्म ले चुकी थी।

पर इधर किस्मत देखो। मेरा जन्म कोई खुशी नहीं, कोई

समाज नहीं, बदकिस्मती यह कि घर की बजाय कोठा मिलने वाला था।

उम्र भर के लिए कैद थी। जहां जज्बातों की कदर नहीं होनी थी कभी।

पर हम कल की क्यों सोचते हैं हमें पता ही नहीं होता।

ऊपर वाले ने क्या लिखा है वो तो ऊपर वाला ही जानता है।

हर इंसान अलग है उसकी किस्मत अलग है रंग अलग है।

रूप अलग है।

शायद ! किसी पुराने हिसाब किताब में उलझी रहती है जिंदगी एक हम है अपने हिसाब किताब लेकर बैठ जाते हैं।

हमें कहां पता होता है कि कल क्या हो।

कौन कैसे हमें अपनाएगा, छोड़ेगा, प्रेम, स्नेह का लेखा जोखा, परीक्षाएं कितनी होंगी।

पर हमें तसल्ली कहाँ होती है लग जाते हैं ऊपर वाले को नज़रअंदाज करके।

विश्वास किस पर करना है साथ किसका मिलेगा। कुछ भी हाथ नहीं साथ नहीं होता।

फिर भी होशियारी बहुत होती है हम इंसानों में।

शायद ! मौसी को भी मेरे आने का इंतजार होने लगा था।

अब रंडियां किसकी सगी होती हैं। आखिरकार मौसी भी तो यह नरक भोग चुकी थी।

पर सिक्कों की खनक ने उसे मजबूती से ला खड़ा किया था। एक लीडर के तौर पर।

फिर क्या मजाल थी कि कोई मौसी से ऐसा कोई काम करवा सके।

अब तो उसे चस्का था तो केवल पैसों का। और इस मामले में वो कोई समझौता नहीं करने वाली थी। उसकी आँखें हर वक्त माँ के पेट पर रहती थीं।

माँ कभी इस दौर से नहीं गुजरी थी। सब देखा था पर भुगता नहीं था।

उसे क्या पता होता कि रातदिन इस नरक में पिसने वाली असल मे कितना दुख और नर्क भोगती है।

उसके साथ तो महज दो चार बार शारिरिक सम्बंध बने थे।

मास्टरजी के साथ। और उसके बाद बच्चे का आगमन हो चला था।

अपनी दया ममता की झोली फैलाकर माँ ने अपने लिए एक सुरक्षित जगह का विस्तार कर ही लिया था।

पर शायद! मेरे लिए मेरा आना उतना सुरक्षित नहीं कर पाती माँ।

यही सोचकर हर वक्त परेशान रहना जायज भी हो चला था।

अभी तो किस्मत कुछ अलग ही सोच कर बैठी थी हमारे लिए।

इस दुनियां में हम अपनी मर्जी से नहीं आते हैं शायद, पर ऐसा लगता है कि सब कुछ हमारी मर्जी पर ही निर्भर है।

कारण तो मातापिता ही बनते हैं। हमें जन्म देने में। बस इसीलिए मातापिता को ही ईश्वर बना दिया है दुनियां ने।

सभी जिम्मेदारियों को वहन करते हुए माँ बाप भी बूढ़े

होते जाते हैं।

बच्चे बड़े होकर अपनी अपनी विचारधाराओं में सलंग्न होते जाते हैं।

अनुरोध विरोध, सच झूठ, अपना पराया, तेरा मेरा बस जिंदगी इन्हीं में अटक जाती है।

हमारे पक्ष में यदि कोई बात हो तब बड़ी खुशी मिलती है। अन्यथा तो दुख ही दुख नज़र आता है यहां वहा।

जल्दी ही हार मान लेना इंसान की फितरत होती है।

संघर्ष से डरते हुए जिंदगी जी तो लेते हैं पर आहें भर भरकर जीना भी कोई जीवन सा नहीं लगता है।

पर दुनियां रंग बिरंगी है। यहां हर तरह की जनता है कुछ लोग होते हैं जीवट भी।

उसमें मेरी माँ शायद पहले स्थान पर लगती थी मुझे उसकी डायरी पढ़कर लगता था जैसे ईश्वर ने बखूबी साथ दिया था उस का।

दिमागी जह्दोजहद में उठते सवाल और जवाब। उन्हें इतनी बारीकी से लिख देना। हर किसी के वश में नहीं होता।

कुछ लिखने बैठो तो कभी कभी कुछ नहीं लिख पाते हैं, बस उसे सोचते भर हैं।

अल्फाजों को भावनात्मक कलम से पिरोकर लिखना असम्भव ही होता है।

रात के सन्नाटे में लिखी हुई बातें दिल को चीर जाती हैं।

नसीब की बात थी जिसकी कलम में इतना जादू हो और वही इंसान मजबूर हो कि लिखकर भी जज्बात अहसास सब कुछ दबकर रह जाये तो बदकिस्मती के सिवा इसे क्या

कहें।

वो नाम की मन्नत और किसी की भी नहीं थी। उसे तो ईश्वर ने महज गंदगी के लिए ही चुना था।

इन्हीं बन्द खिड़कियों के पीछे की एक दास्तान जिसे कोई नहीं जान सकता था और ना ही सुन सकता था कोई। ना ही कोई पुकारने वाला बचा था।

इन्हीं बन्द खिड़कियों की दरारों से सूंघती थी बाहरी ताजी हवाओं को।

पर्दे भी खिड़कियों पर इसलिए लगाए गए थे कि रोशनी बाहर की भीतर न आ सके।

कुछ यूं भी कि बाहरी हवाएं कहीं ले न उड़े जज्बातों को और कोई मनचला आशिक कहीं कोई प्रेम बीज न बो दे।

बहुत सी बंदिशों में जिंदगी घिसट रही थी।

कुछ आवाजें जब रात में सुनाई देती थी तो। सबके मचल जाते थे मन। कैसे लोग आजादी की हवा में रहते हैं।

कैसे परिवार होते हैं। दर्द और दहशतगर्दी से दूर कैसे मनमुताबिक जीते हैं लोग कैसे परवाह करते हैं सब अपनों की।

सामाजिक दायरे में पत्नी, बहु, बेटी, भाभी, चाची, ताई के रिश्ते कैसे निभाते हैं रस्मों की रस्म कैसे निभाते हैं।

अक्सर उम्मीद रहती थी कि कोई उन्हें भी सच्चा प्यार करे। कोई सौदेबाजी न हो।

डार्लिंग, जानेमन, ओय होय, मेरी जान जैसे शब्द एक उम्मीद जगाते थे हर रात कि कोई सुबह आएगी जब कोई किसी को यहाँ से अपनी बनाकर रुखसत करा के ले जाएगा।

इन्हीं आवाजों को अक्सर पीछे मुड़ मुड़कर देखा करती थीं सब।

अपनी यातनाओं को भूलकर नाउम्मीदी का दामन छोड़कर सब किसी न किसी उम्मीद को गले का हार बनाकर जीना चाहती थी।

बिखरी हुई मोहब्बत को समेटकर जीना किसे अच्छा नहीं लगता था।

मगर अफसोस था। जिस्मानी भूख मिटाने के बाद लोग और बिखरा हुआ छोड़ जाते थे उन सभी को।

उफ्फ कैसे लोग? जहन्नुम से बदतर जिदंगी।

रात भर जिस्मों को नोचते लोग हर दीवार पर लिखी हुई उनकी दर्द भरी कहानी छोड़ जाते थे।

एक विरोधी दिमाग जो सुन्न हो जाता था। दिनभर की चहलपहल में।

कलेजे से दिमाग तक जाने वाली नसें खिंचाव से फटने को मजबूर सी लगती थीं।

लगता था जैसे फटकर काम तमाम कर देंगी और मिल जाएगी इस जहन्नुम से मुक्ति सदा के लिए।

वैसे भी यह वो जगह है जहां से एक बार आकर फिर मरने पर ही मुक्ति मिलती है। अच्छी कल्पना करना भी जहां मुमकिन नहीं होता है।

महज दहशतगर्दी और भुक्तभोगी नरक बस...इससे ज्यादा कुछ भी नहीं।

कभी कभी जब कोठे पर कोई ग्राहक नहीं मिलता था किसी को तो खाने तक के लाले पड़ जाते थे लड़कियों को।

इधर माँ सबके लिए दुआयें मांगती रहती थी।

ईश्वर ने भी शायद यह जगह बड़े कुकर्मों को देखकर ही बनाई होगी। बड़ी नारकीय सजा।

इससे तो मौत बेहतर होती पर नहीं?

इधर माँ की डिलीवरी नजदीक आ गई थी।

और लो वो दिन भी आ गया था। जब मैं पैदा हुई।

अमावस्या की स्याह रात में मेरा नसीब भी स्याह ही था।

ऐसी जगह पैदा होने वाले को खुशकिस्मत तो नहीं कहा जा सकता था।

मौसी खुश थी कि लड़की हुई है जबकि माँ बहुत निराश थी।

ईश्वर ने उसकी यह बात भी नकार दी थी। कोई भी प्रार्थना काम नहीं आ सकी थी।

मौसी ने मां के हाथों से मुझे लेकर नाम रखा था हरामी।

तब माँ ने कहा था कि नहीं मौसी यह हरामी नहीं है। मास्टरजी बेशक मेरे साथ नहीं है। पर इसके पिता वही हैं।

हरामी वो होते हैं जिनके पिता का नाम पता नहीं होता है।

इस पर मौसी ने कुटिल मुस्कान से कहा था कि चल तेरी बात में दम है।

पर वो हराम की औलाद तो है ही छोड़ कर भाग गया जो तुझे वो साला नामर्द कहीं का।

हंसकर बोली थी मौसी... तू बुरा ना मान मैं गर इसे हरामी कह दूं तो?

माँ बेबस थी फीकी सी मुस्कान से हामी भर ली थी।

दुनियां कितनी बेदर्द है। और कोई कोई कितना बेबस है। यह वही जाने जिन पर बीतती है।

और लोग बेबसी पर सबकी मजे बहुत लेते हैं। किसी की जिंदगी में जितना दर्द होगा। लोगों को उतना ही आनन्द मिलता है।

उस वक्त ईश्वर को भूल जाते हैं लोग कि कल यही वक्त न जाने किस किस पर हँस पड़े।

'अपने ही दायरों में घुटती रही ये जिंदगी

फिर भी...

लोग मुस्कुराते रहे एक दूसरे के दर्द पर।'

माँ की कलम से यह अनमोल शब्द निकलते रहे निखरते रहे।

पर इन अनमोल शब्दों को भी कोई ग्राहक नहीं मिला जो इन्हें समझ सकता कभी।

जो मास्टरजी समझ सकते थे वही अब इस दुनियां में नहीं रहे थे।

उनका आखिरी खत माँ को कुछ दिन पहले ही मिला था।

लिखा था कि 'कभी भी मुझे गलत मत समझना। मुझे पता है तुम बहुत ही समझदार महिला हो, भावुक हो, नेकनीयत हो। भोली हो, तुम सादगी की मूरत हो। पर मैं ठहरा एक सामाजिक व्यक्ति तुम्हारी इन बातों का इन अच्छाइयों का इस समाज को कोई लेना देना नहीं है।

हाँ, बहुत प्रेम था मुझे तुमसे पर इजहार कर भी दिया था तो अपनाता कैसे?

नदी के दो किनारे बनकर रह गए थे हम दोनों।

तुम गंगा के घाट सी थी। और मैं एक नाविक सा जो हर दिन घाट पर उतरता जरूर था। पर अपने मतलब को साथ लिए हुए।

बस आता था और जाता रहा। अपने पैरों के निशान कभी देखे ही नहीं थे मैंने और एक तुम थी जो हर दिन हर पल मेरे इंतजार में पलके बिछाए हुए उन निशानों को आते जाते गिनती रहती थी।

मैं तुम्हें कभी भूला ही नहीं और न ही हिम्मत हुई कभी भूलने की।

तुम मेरी आत्मा में बसी वो मूरत थी। जो सिर्फ पूजी जा सकती थी।

घर नहीं लाई जा सकती थी।

लेकिन जहां तुम थी वो जगह मंदिर भी तो नहीं थी।

होती तो तुम्हें हर कोई पूजता। तुम्हारी नेकनीयती पर मुझे कभी कोई शक नहीं हुआ था।

बस मैं ही हिम्मत नहीं जुटा पाया था। पुरुष इस मामले में स्वार्थी होता है। उसमें त्याग समर्थन समर्पण की हिम्मत नहीं होती है।

वो बाहरी लड़ाई तो लड़ सकता है पर सामाजिक लड़ाई में हमेशा हार जाता है।

रिश्तों में दबंगई नहीं चला पाता है। उसे उसकी माँ जो एक स्त्री पहले होती है नहीं सिखाती हमें खुद से लड़ना। समर्थन समर्पण त्याग आदि शब्दों की महत्ता वो तो बस पुरुष बनाम अपने पुत्रों को जिस्मानी लड़ाई को महत्व देती है।

काश! कभी हमारी माएँ हम बेटों को भी बेटियों की तरह ही सब कुछ सिखाती तो आज समाज की दिशा कुछ और ही होती।

बेशक मैंने तुम संग सामाजिक फेरे नहीं लिए पर मन से आत्मा से तुम सदैव मेरी थी ओर रहोगी। जब मुझे पता

चला कि तुम मां बनने वाली हो मैं रात रात भर जागकर सपने देखता रहा, काश! तुम मेरे साथ होती तो आज मेरे घर में बच्चे की किलकारी गूंज रही होती पर जब मुझे पता चला था कि मुझे तपेदिक हुई है तो मैं अपनी किस्मत पर खूब हंसा था। जब तुम्हें छोड़कर गया तो मुझे पता चल गया था कि मुझे यह बीमारी लग चुकी थी।

जिसने भीतर ही भीतर एक केंसर का रूप ले लिया था। फिर यही सोचकर तुम्हारे सामने नहीं आया था कि मेरे बाद तुम्हारा क्या होगा। कहीं फिर से लोग तुम्हारा लाभ उठाएंगे फिर से समाज दुत्कारेगा। कहां जाओगी फिर बच्चे के साथ? बस यही सोचकर बेबस रह गया था मैं।

मेरे कुछ अरमान थे जो मेरे साथ ही चले जाएंगे?

तुम मेरे प्रेम को जिस्मानी मत समझना। देखो ना मैंने तुम्हारे अलावा फिर कभी किसी की ओर नज़र उठाकर नहीं देखा। आज अंतिम क्षणों में भी बस तुम्हारी तस्वीर सीने से लगाये इस दुनियां से अलविदा कहने जा रहा हूँ।

अपना और बच्चे का ध्यान रखना तुम हो सके तो मेरे बच्चे को इस गंदगी से दूर रखना मुझे मेरे किये की माफी जरूर देना? जा रहा हूँ यह निर्दयी दुनियां छोड़कर।'

यह खत पढ़कर माँ बहुत रोई होगी।

कागज की दशा बता रही थी कि आंसुओं का सैलाब बड़ा आया होगा।

भीगे हुए शब्द सब बयान कर रहे थे।

स्याही फैलकर बिखरे शब्दों की दशा समेटने में नाकाम दिखी थी।

काश ! इतना प्रेम करने वाले लोग जरा सी हिम्मत

दिखा पाते तो एक की ही सही तकदीर संवर जाती।

हर बात पर ईश्वर एक बहाना क्यों लिख देता है। क्यों यह हिम्मत नहीं आ पाती। महज जिस्म से खेलने के लिए ही क्यों हिम्मत आती है।

जिस्म ना हुए खिलौने हो गए। खेलो और तोड़ो फिर झोंक दो समाज के तानों की भट्टी में क्यों करते हैं लोग ऐसा।

कितने बुरे कर्म की सजा मुकर्रर करता है ईश्वर भी सोचकर ही दम घुटता है।

और एक तरफ से देखो तो अजीब लगता है कि वेश्यालय सिर्फ औरतों के ही क्यों मर्दों के क्यों नहीं?

क्यों नहीं मिलती उन्हें भी ऐसी ही सजाएं क्यों औरतों के नसीब में हैं ऐसी सजाएं?

मर्दों को भी तो कोई बालों से घसीटकर पीटे गालियां बके उन्हें भी कोई धंधे के लिए जोर जबर्दस्ती करे।

जिन सामाजिक दायरों की बात करते हैं सब। उन्हें भी कोई दहेज की बलि चढ़ाए।

उन्हें भी चूल्हे चौके में रात दिन खपना पड़े।

उन्हें भी तो पर्दे के पीछे कैसे रहते हैं पता चले।

उन्हें भी तो नाक कान छेदन का पता चले।

उन्हें भी प्रसव पीड़ा सहनी पड़े।

ईश्वर ने भी तो छूट दी है सभी पीड़ाएँ छांट छांटकर औरतों के नसीब में ही लिख दी हैं।

एक पल हंसने के बाद। प्रेम में डूबने के बाद त्याग समर्पण के बाद। रिश्तों की डोरी बंधने के बाद उम्र भर की पीड़ाएँ सहने के बाद भी औरत मरण तक का सफर घुट घुटकर तय करती है।

क्यों?

जब भी माँ की डायरी पढ़ती तो लगता था कि बहुत ही समझदार थी वो।

कभी कभी तो सोचती ही रह जाती थी मैं कि यदि वो भी किसी के घर की रौनक होती तो किसी की पत्नी होती तो जरूर वो आदमी बड़ा ही गर्वित होता।

ऐसे विचार, ऐसा लेखन, ऐसी भावनाएं भला कौन लिखता है।

माँ का भाग्य ही था कि उसे हर किसी के बिस्तर पर लेटने के लिए नहीं बनाया था।

बस दुर्भाग्य ये था कि इस नारकीय पिंजरे में महज एक खूबसूरत परिंदा थी वो।

मुश्किल ही नहीं नामुमकिन ही था यहां से बाहर जाना। वैसे जाती भी किधर हर तरफ तो जानवर बसे थे।

नोच खाते, इससे तो सही यही था कि इसी पिंजरे में दम टूट जाये।

एक छत तो थी कपड़े भी थे। पेट भर खाने को भी था।

जब तब मौसी की चुभती निगाहों में कहीं ना कहीं प्यार भी था, दया थी।

बस मन ही उचाट होता था कभी कभार।

कुछ अंजाने डर थे जो सिर उठाते थे मन मे जब आये गए मर्दों से सामना हो जाता था माँ का।

सहम जाती थी वो और अब एक लड़की की मां बनकर तो और भी दहशत में थी।

शायद! जब वो डायरी लिखती होगी तो कितनी बार मरती होगी कितनी बार रोती होगी।

कितना सोचती होगी वो।

कितनी बारीकी से लिखा था सब कुछ ? मुझे तो पढ़कर ही पसीने आ जाते थे।

ऐसे ही धीरे धीरे साल गुजरते गए?

अब मैं १० साल की हो गई थी। अपनी माँ की तरह ही बेहद खूबसूरत थी मैं मौसी भी कुछ बुढ़िया चली थी उम्र में

माँ ने कसम ली थी कि मेरी लड़की धंधा नहीं करेगी वो मेरी ही तरह गायन सीखेगी और आजीवन ऐसे ही पैसे कमाएगी मौसी ने भी माँ की बात रख ली थी।

ना जाने क्यों मौसी के प्यार में अपनत्व कुछ ज्यादा ही था।

मैं मासूम क्या जानती।

उस दिन माँ का कहीं कार्यक्रम था वो वहीं गई हुई थी और मैं नीचे कमरों के सामने ऐसे ही आंगन में खेल रही थी।

किसी कमरे से जोर से चीखने की आवाज सुनकर सहम गई थी मैं।

जिस कमरे से चीख सुनाई दी थी सभी उस तरफ भागे थे।

सबके मुँह से एक सवाल निकला था कि क्या हुआ?

अरे! क्या हुआ?

अबकी बार मौसी की आवाज थी कुछ कड़क लगी थी सब उस कमरे में गए तो सन्नाटा पसरा था।

एक खौफ था सबके चेहरे पर?

मुझे तो समझ ही नहीं आया था तभी मौसी ने कुछ इशारा किया था।

मैं कुछ देख पाती इतने ही मुझे एक लड़की कमरे से

बाहर ले आई थी।

पर सवाल मैंने भी यही किया था कि आखिर हुआ क्या था।

डर और सहम हर चेहरे पर था।

कोई कुछ बोल भी नहीं रहा था।

तभी एक आदमी कमरे से बाहर आया वो बिल्कुल लड़खड़ा रहा था।

उसे मैं समझ नहीं पाई थी उसकी आँखें लाल थी।

उसने मेरी ओर घूरकर देखा था।

मैं झट से उस लड़की से चिपक गई थी।

तभी मौसी बाहर आई तो माथा पकड़कर बैठ गई और उस आदमी की तरफ घूरने लगी थी।

शायद! अब तो सभी उसी ओर देख रहे थे जिस ओर वो आदमी एक कोने में बैठा हुआ था।

तभी एक पहलवान आया जिसे मैं और माँ और सभी वहां रहने वाली औरतें चाचा कहती थीं।

आते ही उसने उस आदमी को थप्पड़ मारा तो मौसी ने उसे रोक दिया था।

अरे ! इसे मारने से क्या होगा अब तो बहुत मुश्किल हो गई है।

पुलिस को बुलाओ।

चाचा ने पुलिस को बुलाने एक ओर आदमी को भेज दिया था।

उस समय इतनी सुविधाएं मुहैया नहीं थी।

वैसे भी दूर कस्बों में कहाँ था यह सब और कोठे तो वैसे भी सभ्य समाज से दूर बनाये जाते थे।

लेकिन लोग यहां उसी सभ्य समाज के आते थे।

दोपहर से शाम होने को आई थी।

पर कमरे में क्या हुआ था समझ से परे की बात लग रही थी।

माँ भी अभी तक नहीं आई थी।

सब तरफ चुप्पी लगी थी। अचानक से माँ के आने की आहट से कुछ आवाज आने लगी थी।

हां देखा था मैंने भी, मौसी अभी भी माथा पकड़े बैठी थी।

माँ ने पास जाकर मौसी को सांत्वना दी थी। और मैं तो जैसे माँ को देखकर दौड़ पड़ी थी। वो लड़की मुझे पकड़ती रह गई थी।

पर अब तो माँ सामने थी तो फिर डर कैसा था।

लिपट गई थी मैं माँ से और माँ ने भी मुझे कसकर पकड़ लिया था।

अब मौसी भी कुछ कम परेशान लग रही थी। वो माँ से बहुत सी बातें कर रही थी।

जो मेरी समझ से बाहर थी।

तभी मौसी ने सभी को अपने पास बुलाया था।

और उन्हें कुछ समझाने में लग गई थी।

मौसी ने माँ से कुछ कहा तो माँ ने मौसी का हाथ पकड़कर जैसे कोई वादा किया था।

फिर मौसी आराम से वहीं बैठ गई थी।

माँ मुझे अपने कमरे में ले गई थी और बोली कि तुम यहीं रहना जब तक मैं बाहर न बुलाऊँ तुम्हें।

अच्छी बच्ची हो ना मेरी तुम? मैंने भी हां में सिर

हिलाया था।

पुलिस का खौफ बहुत बिठा दिया था माँ ने मेरे मन में इसलिए मैं गुम सी वहीं कमरे में बैठ गई थी।

अब उस कमरे में वो लड़की और मैं ही रह गए थे।

माँ मौसी के पास चली गयी थी।

इधर फिर से अचानक से शोर हुआ था कि पुलिस आ गई है। मैं डर से चुप थी पर अपने कमरे की खिड़की में ही बैठी थी। वहां से सब दिख रहा था।

इधर सब खड़े हो गए थे। पुलिस वाले और भी सब लोग आ गए थे।

पूछताछ हो रही थी।

सब सहमे हुए थे।

बहुत देर तक पूछताछ चलती रही। वो आदमी अभी तक वहीं बैठा हुआ था।

देर रात तक फिर सुबह का इंतजार हुआ।

मेरी आँखों में नींद नहीं थी।

पर माँ ने कहा तो सोना पड़ा था। फिर क्या हुआ पता नहीं चला था।

सुबह जब आँख खुली तो सब जेल में थे।

मैं और सहम गई थी।

मौसी भी और सभी लड़कियां चुप बैठी हुईं थी।

तभी एक औरत ने मुझे पास बुलाया तो माँ डर गई थी और बोली नहीं साहब ये तो बच्ची है इसे कुछ नहीं पता।

तभी उस औरत ने कहा कोई बात नहीं है।

इसे मेरे पास आने दो।

उस औरत के चेहरे पर मुस्कान थी।

कहते हैं ना कि मुस्कान जब किसी के चेहरे पर हो तो इंसान फरिश्ता लगता है।

उसने फिर से बड़े प्यार से मुझे अपने पास बुलाया था। मैंने माँ की ओर देखा तो माँ ने कहा कि जा चली जा। इसके सिवा और कोई चारा भी तो नहीं था।

मुझे जाना पड़ा था।

उसने मेरे सिर पर बड़े प्यार से हाथ फेरकर कहा था कि तुम्हारा नाम क्या है।

मैं सकपका गई थी।

उसने दोबारा से पूछा था तो मैं बोल पड़ी थी

मेरा नाम तो रामी है।

उसने अचंभित सा होकर पूछा था रामी?

बहुत सुंदर नाम है यह तो।

इसी तरह उसने मुझसे कुछ और बाते पूछीं तो डर कुछ कम हुआ था।

फिर उसने पूछा था क्या तुम्हें भूख लगी है।

मैंने कहा हां लगी है आवाज में डर भी था इसलिए बहुत धीरे से कहा था।

फिर मैंने माँ की ओर देखकर कहा था... तुम मेरी माँ को भी खाना दे दो वो कल से भूखी है।

कल से हमारे यहाँ किसी ने कुछ नहीं बनाया था। कल से मुझे भी किसी ने कुछ खाने को नहीं दिया था।

वो मुस्कुरा पड़ी थी।

तभी उसने कुछ पुलिस वालों को पास बुलाया था और उनसे कुछ बातें की थी।

उसकी बातें सुनकर सब जैसे दौड़ पड़े थे।

अब मुझे बहुत अच्छा लग रहा था।

बचपन से लेकर आज तक मैंने उस घर से बाहर कभी झांककर नहीं देखा था।

पता ही नहीं था कि बाहरी दुनियां वाले लोग कैसे होते हैं।

पर समझ नहीं आया था कि सब यहां आए क्यों थे।

पर भूख बहुत लगी थी उस समय मुझे।

मुझे क्या सभी बुरे हाल में थे। मुझे माँ पर दया आ रही थी कि वो कल से भूखी थी।

जब से प्रोग्राम से आई थी एक मिनट भी कमरे में नहीं आई थी तो खाना कैसे खाया होगा।

पर सब चुप थे।

कुछ देर हुई थी। तभी हाथों में कुछ सामान लिये हुए वही पुलिस वाले आ गए थे।

खुशबू बता रही थी कि उनके हाथों में खाने का ही समान था।

उस औरत ने सभी को बाहर बुलाया था। और एक लाइन में बिठा दिया था।

सभी के हाथ में एक एक पैकेट थमा दिया था।

मौसी सारे दिन चपड़ चपड़ करती थी वो भी चुप थी।

मैं अभी भी उस औरत के पास ही बैठी थी।

मैंने माँ की तरफ देखा तो उसने पास आने का इशारा किया था।

पर उस औरत के डर की वजह से मैं वहीं बैठी हुई थी।

तभी मैंने कहा मैं मां के पास जाऊंगी।

अरे वो औरत हँसकर बोली बिल्कुल जाओ और भरपेट खाओ। और मैं झट से मां के पास जा बैठी थी।

माँ मुझे अपने हाथों से खाना खिलाने लगी थी।

कागजों पर लिखा पढ़ी चल रही थी।

सब उस औरत की बात मान रहे थे।

मैं उसे बड़ी हसरत से देख रही थी। कभी कभी वो मुझे देखकर मुस्कुरा पड़ती थी।

और मैं झेंप जाती थी।

तभी उसने सभी को एक एक करके अपने पास बुलाया था।

कुछ डपटकर कुछ को प्यार से कुछ पूछा जा रहा था।

तभी उन्होंने मां को अपने पास बुलाया था। साथ में मैं भी खड़ी हो गई थी।

समझ कुछ नहीं आ रहा था। पर खड़ी हुई थी तो उस औरत ने इशारे से एक तरफ बिठा लिया था।

वो मां से सवाल जवाब कर रही थी।

मां भी बड़े ही तरीके से जवाब दे रही थी।

इसी पूछताछ में रात हो गई थी। मुझे अपना कमरा याद आ रहा था। क्योंकि उसमें मेरी गुड़िया थी।

उसके बिना मुझे नींद नहीं आती थी।

एक एक कम्बल दे दिया था हम सभी को। वो औरत और उसके सभी साथी। अपने अपने घर चले गए थे। शायद!

अब कोई दूसरे आ गए थे उनकी जगह।

सब घूर रहे थे हम सभी को। कुछ कह भी रहे थे पर मेरी तो समझ से परे थी सब बातें?

हम सब एक कमरे में ही सोए थे।

मेरी पूरी रात तो उन सलाखों को गिनते हुए गुजर रही थी।

बार बार गिनती थी बार बार फिर से गिन लेती थी।

मां ने कई बार कहा था कि सो जा रामी।

पर मुझे अपनी गुड़िया याद आ रही थी।

जैसे तैसे रात गुजर गई थी। मैं भी ना जाने कब सोई थी।

आँख खुली तो फिर से वही औरत सामने थी।

वही चिरपरिचित मुस्कान थी मेरे सामने

बहुत भूख लगी थी अब डर नहीं था मन मे मैं अचानक से उठी और उस औरत के पास जा पहुंची थी।

मैंने उससे कहा कि क्या तुम मुझे खाना दोगी?

बहुत भूख लगी है?

उसने मुझे पास बिठाया और बोली क्यों नहीं बिल्कुल खाना मिलेगा।

और फिर हम दोनों मुस्कुरा पड़ी थीं।

हम सभी को खाने को दिया गया था।

इसी तरह से दो दिन गुजर गए थे।

मुझे अपनी गुड़िया बहुत याद आ रही थी।

तीसरे दिन जब वो औरत मुझे दिखाई दी तो मैंने पास जाकर उससे पूछा कि मुझे कब तक यहां रहना पड़ेगा?

मुझे अपने कमरे पर जाना है।

मुझे यहाँ अच्छा नहीं लगता है।

मुझे और मेरी मां को जाने दो।

तभी वो हँसी और बोली...

ठीक है पर अब हम तुम्हें एक नए और अच्छे घर में

भेजेंगे...ठीक है?

मैं कुछ समझी नहीं थी पर नया घर?

मैंने माँ से जाकर पूछा तो मां ने कहा था कि हाँ नया घर अच्छा ही होगा।

पर पुराने घर में मेरी गुड़िया है ना।

तभी उस औरत की आवाज आई थी कि हम तुझे नई गुड़िया भी देंगे और नया घर भी ठीक है?

सवालों से भरे लोगों की मानसिकता भला मासूम बच्चे कैसे समझते।

भीतर एक सवाल बार बार उभर रहा था कि नया घर कैसा होता है?

ऐसे ही चलते हुए सभी को नए घर भेज दिया गया था।

बस मौसी वहीं रह गई थी।

मुझे मौसी बिल्कुल पसंद नहीं थी। पर डर की वजह से कोई कुछ नहीं बोलता था।

मैं माँ का हाथ पकड़े हुए अब नए घर में आ गई थी और खुश भी थी कि वह सभी दीदी हमारे साथ ही आ गईं थी जो मौसी के घर में थीं।

बचपना क्या जाने किस्मत के खेल...उसे तो उंगली पकड़कर जहां मर्जी ले चलो।

सबको कमरे दे दिए गए थे।

बहुत सुंदर जगह थी यहां पर और भी लोग थे पहले ही से।

जो अपने अपने काम में लगे हुए थे।

बचपन से आजादी नहीं मिली थी... मुझे तो आज जी भर के हरियाली मिली थी। चारों ओर फूल लगे थे।

बहुत बड़ा सा खुला मैदान था जिसे आंगन कहा जाता था।

बाहरी दुनियां का यह रूप पहली बार दिखा था।

हमें पुलिस वाले ही छोड़ने आये थे वहां तक।

जैसे ही सब समझा कर जाने लगे थे तो मैंने उस औरत से कहा था कि मेरी गुड़िया कब आएगी मेरे पास?

उसने बड़े प्यार से सिर पर हाथ रखकर कहा था कि जल्दी ही आएगी।

अब तुम सब यहां सही से रहो।

यह कहकर वो चली गई थी। तभी कमरे में एक और औरत मुस्कुराते हुए दाखिल हुए थी।

पुलिस वाली ने उसे बहुत अच्छे से सब बातें समझा दी थीं।

उसने जब मुझे देखा तो मैं झट से माँ के पीछे छुप गई थी।

और वो हँसकर वहां से चली गई थी।

माँ ने सभी लड़कियों को अच्छे से समझा दिया था कि यहां कैसे रहना था।

माँ का कहना सभी बहुत मानती थीं।

माँ ने पुलिस वालों से आज्ञा ले ली थी कि वो अपने गायन को बढ़ावा देगी।

और जहां जहां सिखाने जाती थी वहीं जाएगी भी।

माँ की बात को मान भी लिया गया था। कुछ दिनों में सब सामान्य हो चला था।

वो जिसे सब दीदी बुलाते थे, वो वार्डन थी वहां की। वही देखभाल करती थी वहां की।

पर व्यवहार से बहुत अच्छी थी।

सबकी नज़र में उसकी बड़ी इज्जत थी।

पुलिस वाले बीच बीच में आते रहते थे। कुछ नए लोगों के साथ।

दिन गुजरते गए।

माँ अब काफी व्यस्त रहने लगी थी। और मैं वहीं पर सबके बीच हँसते रोते हुए पूरा दिन माँ का इंतजार करती रहती थी।

माँ को मेरी बड़ी फिक्र रहती थी। हम दोनों का इस दुनियां में था भी कौन?

वार्डन हम सबका ध्यान अच्छे से रखती थी। मुझे हिदायत थी कि कितने बजे रियाज करना है और कितने घन्टें खेलना है।

पर अब उम्र के हिसाब से ही सब बातें अच्छी लगती थीं।

अब तो १२ साल की हो चली थी मैं।

अब उम्र के पड़ाव की बातें समझ आने लगी थीं।

आज माँ सुबह ही रियाज करने बैठ गई थी। और मैं अपनी चादर को तान कर सोने का मन बना चुकी थी।

माँ ने कहा रामी उठ जा सुबह हो गई है स्कूल नहीं जाना क्या?

उह... आज मन नहीं है माँ।

क्यों

बस ऐसे ही।

मुस्कुरा कर माँ ने मेरे सिर पर हाथ फेरकर कहा कि देख...ऐसे करेगी तो पुलिस वाली की तरह कैसे बनेगी?

अरे हां मैं तो भूल ही गई थी कि आज स्कूल में जल्दी जाना है।

फटाफट से नहा धोकर स्कूल रवाना हो गई थी मैं।

इधर माँ को भी आज किसी के यहां कार्यक्रम में जाना था।

स्कूल से आकर अपना काम समेटने में लगी हुई को ये भी याद नहीं रहा कि समय कितना हुआ था।

सांझ हो गई थी। माँ अभी तक नहीं आई थी।

इतने ही में वार्डन ने आकर कहा कि रामी तेरी माँ नहीं आई अभी तक?

कमरे की खिड़की में बैठी मैं ना में सिर हिलाया तो वो बोली खाना खाया कि नहीं? मैंने हां में सिर हिलाया था।

तो वो बोली तेरी माँ ने कहा था कि तुझसे बोलूं कि पढ़ाई के बाद थोड़ा सा रियाज कर लेना।

चल फिर आती हूँ मैं।

इतना तेरी माँ भी आ ही जाएगी।

ना जाने क्यों आज मन ही नहीं था।

किसी काम में मन ही नहीं लग रहा था। आज माँ बड़ी याद आ रही थी।

पहले ऐसा कभी नहीं लगा था।

एक एक करके कुछ दीदी आकर पास बैठकर अपने अपने कमरों में चली गईं थी।

रात के १० बज गए थे।

अभी तक माँ नहीं आई थी।

मैंने भी किसी को नहीं बताया था कि माँ अभी तक नहीं आई है।

दोबारा से जब वार्डन आई तो। मेरे कमरे में आकर बोली अरी रामी अभी तक खिड़की में क्यों बैठी है।

माँ नहीं आई तेरी अभी तक?

नहीं आई हैं और लिपटकर रो पड़ी थी मैं।

अब तो वार्डन ने भी चिंता जताई थी। क्या हुआ? आज से पहले तो कभी ऐसा नहीं हुआ था कि इसकी माँ इतनी देर तक बाहर रही हो।

सुबह कुछ ऐसा बताया भी नहीं था।

कुछ समस्या तो नहीं हो गई है?

सब तनाव में थे। आखिर आज क्या हुआ जो माँ सुधार घर नहीं पहुंची थी।

वार्डन ने तुरंत ही एक आदमी को साइकिल से थाने भेज दिया।

मुझे माँ के लिए सब ढांढस बंधा रहे थे।

मैं कभी रोती तो कभी बाहर बैठ जाती थी। सब परेशान थे।

रात के ११ बज गए थे। तभी एक तांगा गेट पर आकर रुका।

सब उधर ही देखने लगे थे।

कुछ साये दिखाई दिए। और जल्दी से ओझल भी हो गए।

तभी गिरते पड़ते गेट पर माँ नज़र आई थी।

सब माँ की हालत देखकर उस ओर दौड़ पड़े थे।

वॉर्डन ने एक दीदी की तरफ इशारा किया था कि रामी को एक तरफ ले जाना।

एक दीदी ने मुझे एक तरफ ले जाकर खड़ा कर दिया

था। माँ नज़र नहीं आ रही थी।

पर मैं माँ को देखना चाहती थी। पर डर से चुप खड़ी रही थी।

मुझे ऐसा लग रहा था कि माँ कहीं गिर गई थी। उसके कपड़े फटे हुए थे। बस इतना ही देखा था मैंने।

समझ ही नहीं आ रहा था कि हुआ क्या था।

मैं सुबकती रही बस....

इधर वार्डन मां को सहारे से भीतर ले आई थी। सभी वहीं जमा हो गए थे।

मुझे माँ से मिलना था पर मुझे तो कमरे में बिठा दिया गया था।

रोते रोते कब नींद आ गई थी पता ही नहीं चला था मुझे।

सुबह नींद खुली तो।

माँ को देखा तो लिपटकर रो पड़ी थी मैं।

रात क्या हुआ था समझ नहीं पाई थी।

इधर माँ के चेहरे पर और गर्दन पर चोट के निशान थे।

लगा था गहरी चोट आई थी।

माँ भी रो रही थी और मैं भी रो रही थी।

तभी मैंने माँ से पूछा कि माँ यह सब कैसे हुआ।

माँ ने बस इतना ही कहा था कि वो जब वापस आ रही थी तो गिर गई थी। इसलिए चोट आई थी।

दो दिन हो गए थे। कई बार पुलिस वाली वही औरत भी आती जाती रही थी।

धीरे धीरे सब फिर से समान्य होने लगा था।

पर माँ सामान्य नहीं लगती थी। वो कहीं गुम सी रहने

लगी थी।

पहले की तरह अब वो चुलबुली सी माँ नहीं थी।

इसी तरह ३ महीने बीत गए थे।

माँ की तबीयत बिगड़ने लगी थी। मुझे कोई खबर नहीं थी कि क्या हुआ था।

पुलिस वाली औरत बीच बीच मे आकर माँ से मिल जाया करती थी।

कुछ दिनों से माँ के शरीर में अंतर आने लगा था। कहो तो मोटी हो गई थी माँ।

इधर डॉक्टर भी हर महीने देखने आता था।

एक दिन मैंने पूछ ही लिया था। कि माँ इतनी मोटी कैसे हो गई हो।

पेट बहुत बाहर आ गया था।

तभी माँ ने बताया था कि एक और बच्चा हमारे बीच आने वाला है।

मैं हैरानी से माँ के पेट को देखने लगी थी।

अंदर से खुश भी बहुत थी।

छोटे छोटे सवाल हर दिन माँ से पूछ लिया करती थी।

नन्हें मेहमान के लिए।

इधर माँ की सेहत दिन ब दिन खराब रहने लगी थी।

मन मेरा भी उदास हो चला था कि माँ को कुछ हो गया तो क्या होगा।

इसी उहापोह में नौ महीने बीत गए थे। और एक दिन एक छोटी सी बच्ची हमारे बीच आ गई थी।

वार्डन समेत सबने माँ को ढांढस बंधाया था।

मैं भी जैसे अब बड़ी हो गई थी। माँ की देखभाल में

पूरी मदद करती थी।

उस बहन को बड़े प्यार से गोदी में लेकर सो जाया करती थी।

माँ अब सुधार घर में ही रहकर बच्चों को संगीत सीखाने लगी थी।

मैं... वही हर दिन की दिनचर्या...स्कूल... फिर वही कमरा और माँ... अब तो बहन भी।

माँ मुझे संगीत के रियाज में मदद करती थी।

ऊंच नीच समझाती थी।

अभी एक साल ही हुआ था कि माँ को दिल का दौरा पड़ा और रातों रात मेरी दुनियां ही बदल गई थी।

सब खत्म था।

अब मैं सुधार घर के सभी कामों में सबकी मदद करती थी।

एक नौकरानी जैसे हालात थे अब मेरे पर वार्डन कुछ नहीं कहती थी।

कमरा वही था पर हालात बदतर थे। माँ बहुत याद आती थी।

छोटी सी बहन जब रोती तो मैं उससे ज्यादा रोती थी।

चुप भी अपने आप ही हो जाना पड़ता था।

बहन अब साल की होने को आई थी।

एक दिन माँ की डायरी हाथ लगी तो जो पढ़ा था। एक एक शब्द कलेजा चीर गया था।

१५ साल की उम्र में और हालात से जूझते हुए मैं पूरी तरह से परिपक्व हो गई थी।

माँ ने उस हादसे को भी लिखा था जो उस दिन उसके

साथ हुआ था।

वो गिरी नहीं थी उसे गिराया गया था। बलात्कार करके उसकी इज्जत को तार तार किया गया था।

और यह लड़की उस बलात्कार की निशानी थी।

घृणा हो गई थी मुझे इस बच्ची से। मैंने नफरत से देखा था उसे।

मन तो किया था कि इसे खत्म ही कर दूँ। कितने दुख सहे थे मेरी माँ ने इसके लिए। यही जिम्मेदार थी मेरी माँ की मौत की।

पर असहाय सी उस बच्ची पर दया भी आ रही थी।

भले ही पिता अलग अलग थे हम दोनों के। पर माँ तो एक ही थी ना।

गलती इसकी भी नहीं थी। बलात्कारी पिता का बीज थी वो तो। जो जबर्दस्ती रोप दिया गया था।

वाह रे समाज के लोगों थू है तुम पर ना जाने कितने चेहरे लिए फिरते हो।

महसूस तो यही हुआ था कि हर स्त्री एक वेश्या ही होती है।

जब मन हो पुचकार के उसके शरीर को रौंद डालो।

और मुंह फेरकर चल दो एक नई राह पर। जहां फिर से कोई स्त्री मिलेगी और फिर से यही होगा।

ना जाने पुरुष इतना कामुक और निर्दयी कैसे होता है।

क्यों मसलता है वो स्त्रियों को। महज दो पल के आनन्द के लिए।

क्यों जबरन खेल जाता है किसी की मनःस्थिति क्यों नहीं भांपता।

धिक्कार है तुम पुरुषों पर। जिन्हें ब्याह कर लाते हो। उन्हें भोगते हो हर दिन रात उनकी मर्जी के बिना। और जिन स्त्रियों का कोई नहीं होता है। उन्हें तो क्या छोड़ोगे।

गलियों के हक भी तुम्हारे पास होते हैं। एक स्त्री के लिए कितने शोभायमान शब्द तुमने संभाल कर रखे हुए हैं।

छिनाल, रंडी, माँ बहन की, और भी कितने शब्द हैं जो रात दिन जबान पर टिके रहते हैं।

हक तो इतना जितना तो ऊपर वाले ने बस पुरुषों के नसीब में ही दिया है।

मरती खपती है औरत, पिटती है औरत, वंश चलाती है, गालियां खाती है, वेश्या कहलाती है।

फिर भी मन नहीं भरता पुरुषों का।

एक बार खुद को उसकी जगह रखकर के देख लो पता तो चले कि स्त्री होना किसे कहते हैं।

ऐसा नहीं था कि माँ ने सभी पुरुषों को गलत लिखा था।

उसकी नज़र में मास्टरजी जैसे पुरुषों की बहुत अहमियत भी थी।

बस मानसिकता की स्थिति पर निर्भर था सब कुछ।

वेश्याओं को ही क्यों घरों में भी महिलाओं को नोचते हुए पुरुषों पर बहुत कटाक्ष किये हुए थे।

जैसे फूलों की ओर आकर्षित होकर हम उन्हें तोड़ ही देते हैं।

पर आज तक यह बात किसी को समझ नहीं आती है कि क्यों हम नरम नाजुक चीजों को बड़े प्यार से देखते हैं मुस्कुराते हैं।

और अचानक से उन्हें तोड़ कर मरोड़कर फेंक देते हैं।

क्या यह विकृत मानसिकता नहीं है?

कितना गहन लिखा था माँ ने यह सब?

मैं जब पढ़ती थी तो रोंगटे खड़े हो जाते थे। जब उस डायरी में लिखी गई बातें आँखों के सामने एक एक करके याद आती थीं।

वो वाक्या भी लिखा हुआ था जो मुझे उस समय याद नहीं रहा था। या फिर जिसकी वजह से हम सभी को सुधार घर आना पड़ा था।

बच्ची थी तो नहीं समझी थी पर अब समझ आ गया था कि वो लड़की जिसके साथ बलात्कार किया गया था वो मार डाली गई थी।

उसकी वो चीख आज भी मेरे कानों में गूंज जाती है।

उस दरिंदे ने कैसे उसे नोच डाला था सब लिखा हुआ था।

ना जाने क्यों मेरी नज़र उस लिखे हुए भाग से हटी ही नहीं थी।

माँ ने लिखा था कि वो लड़की नई नई वहां आई थी।

बहुत रोइ थी।

पर मौसी ने उसकी एक भी नहीं सुनी थी।

और उसे सौंप दिया था उस दरिंदे के हाथों।

धकेल दिया गया था उसे कमरे में। न जाने कितने लोगों के सामने उससे पहले भी।

कैसे जब बर्दाश्त नहीं कर पाई तो उस शराबी ने उसका गला दबाकर हत्या कर दी थी उसकी।

यह पढ़कर रामी ने पल भर के लिए डायरी एक ओर फेंक दी थी।

उसे आज लगा था जैसे डायरी में से सब चीख रहे हैं। एक एक शब्द लहू से लिखा गया था।

उफ्फ अब तो जैसे रामी को उल्टी आने को हो गई थी।

इधर उसकी छोटी बहन सो रही थी। बेखबर सी तभी रामी ने डायरी के पन्ने पलटने शुरू किए तो एक जगह उसकी नज़र ठहर गई थी।

जहां माँ ने अपने बलात्कार की घटना लिखी थी वहीं पर नीचे उस जर्मींदार का पता भी लिखा था जिसे रामी ने पहले अनदेखा कर दिया था।

रामी के दिमाग में ना जाने क्या कुछ आया गया था जिसकी उसे भी खबर नहीं थी।

पर जहन में कुछ उथल पुथल तो मच गई थी।

कल का दिन क्या लेकर आएगा किसी को कुछ पता नहीं था।

रामी पता नहीं कब सो गई थी दिन निकल आया था। बाहर दरवाजे पर वार्डन की आवाज थी।

जल्दी से ही अपने काम मे लग गई थी रामी।

उसने ठान लिया था कि वो अपनी इस बहन को उस जर्मींदार के घर पहुँचाकर ही दम लेगी।

देखती हूँ किस्मत कहाँ तक साथ देती है उसका।

पूरे दिन रामी ऐसे ही अपने काम को करती रही और दिमाग में तरकीबें सोचती रही।

अब उसे सबकी नज़र से बचकर यहां से निकलना भी तो होगा।

तभी तो अपनी मंजिल तक जा सकेगी वो।

और एक दिन रामी वहां से भाग निकली।

उसे डर भी था कि कहीं कोई उसे पहचान ना ले।

इसलिए उसने रेल से सफर करने की सोची।

रेलवे स्टेशन पर पहुँचकर उसने एक शहर का टिकट ले लिया सोचा नहीं वो शहर कितनी दूरी पर होगा।

वो कहाँ जा रही थी।

छोटी बहन को चादर में लपेट। माँ की डायरी और कुछ कपड़े लेकर पहली बार वो अकेली सफर पर थी।

माँ की आखिरी निशानियों के साथ।

गला सूख रहा था कि तभी ट्रेन चलने लगी थी।

अब थोड़ा सा संतोष था उसके चेहरे पर।

उसके जाने के बाद वहां क्या हुआ उसे पता नहीं उसने वो पता मुँह जबानी याद कर लिया था जो उसकी मां ने उस डायरी में लिखा था।

रामी को लगा कि डायरी खो भी गई तो गम नहीं।

रामी अब खुली हवाओं में थी।

पर यह खुली हवाएं तूफान लिए घूमती हैं। यह बात रामी को पता थी।

रामी वो लड़की थी जो वक्त से पहले जवां हो चुकी थी।

बहुत ही खामोश थी पर देखती सब कुछ थी।

बहुत ही परिपक्वता थी उसमें।

रामी को पता था कि कोई बिन कारण उसकी मदद नहीं करेगा।

बिन मतलब यहाँ कुछ नहीं होता है।

जब इंसान अंदर से मजबूत होता है ना तो उसे संघर्षों से डर नहीं लगता है।

रामी के थोड़े बहुत जो पैसे थे सब खत्म हो चले थे।

तभी उसके मन में ख्याल आया कि भीख मांगने में अब शर्म कैसी।

रात को जैसे तैसे भिखारियों के बीच खुद को मरा हुआ सा महसूस करती थी रामी।

पर सुबह ही भीख मांगने सड़क पर आ निकलती थी। थोड़े बहुत पैसे जमा हो गए थे उसके पास।

वो बहन को हरदम साथ रखती थी।

उसे किसी पर भी भरोसा नहीं था।

ऐसे ही एक दिन अचानक से एक लड़के की नज़र उस पर पड़ी। तो पास आकर उसने कहा कि सुन कौन है तू? पहली बार देखा है तुझे यहाँ।

रामी ने कहा हां पहली बार तो दिखूंगी ही।

मैं इधर अभी कुछ दिनों पहले ही आई हूं।

पर तू भी तो पहली बार ही दिखाई दिया मुझे।

हां मैं भी इधर परसों ही आया हूँ।

भिखारी है क्या? रामी ने पूछा...

नहीं तो... उस लड़के ने कहा।

ऐसे ही बातों ही बातों में पता चला कि लड़का भी घर से पढ़ाई की वजह से भागकर आया था।

उसे पढ़ाई बिल्कुल अच्छी नहीं लगती थी।

रामी हँसकर बोली... रे बुद्धु ...तुझे घर मिला तो भी तू घर छोड़ आया।

और मुझे देख मेरा कोई घर नहीं है।

तेरा नाम क्या है?

मनुज...

और तेरा नाम?

रामी...

यह छोटी बच्ची कौन है?

यह मेरी बहन है।

माँ थी पर अब नहीं है।

लड़का आगे कुछ नहीं बोला था

दोनों का परिचय हो गया था

रामी अब कुछ निश्चिंत थी। उसे एक साथी की जरूरत भी थी।

उसे पता था कि सड़क पर लोग उसे घूरते थे।

पर यह कितने दिन का साथ है पता नहीं था।

लड़का उससे उम्र में दो तीन साल बड़ा ही था।

कितना निर्दयी कितना मंदबुद्धि बनाता है ईश्वर लोगों को।

एक मैं हूं कि पढ़ना चाहती थी तो नहीं पढ़ पाई।

और एक यह है सब कुछ छोड़कर भाग आया।

रात को खाना खाकर वो लड़का सो गया। पर रामी की आँखों में नींद दूर तलक नहीं थी।

उसे जैसे किसी पर भरोसा ही नहीं था।

उसे लगा कि कहीं वो सो गई तो ये लड़का उसका बलात्कार ही ना कर दे।

उसे मर्दों पर से भरोसा उठ गया था।

वो लड़का चैन से सो गया था।

रामी उसे देखकर सोच में पड़ गई थी कि लड़कों को कोई डर क्यों नहीं होता है?

वो इतने बेफिक्र कैसे होते हैं। क्यों उनका बलात्कार

नहीं करता कोई?

क्यों उन्हें हर बात के लिए इतनी आजादी दे दी जाती है?

बहुत से सवालों के साथ रामी जाग रही थी।

उसने अपनी बहन को भी अपने सीने से लगा रखा था।

अचानक से लड़का उठा और रामी के पास आकर बैठ गया।

सुन तुझे क्या अच्छा लगता है?

रामी ने कहा हम गरीबों को सब चीज अच्छी लगती हैं।

हम्म... लड़के ने हामी भरी थी।

सुन?

बोल...

मुझे एक पता पूछनी थी। क्या तू बता सकता है।

लड़के ने कहा पूछ?

रामी ने उसे पता बता दिया।

लड़के ने कहा... अरे रामी यह तो मेरे ही गांव के पास का पता है।

मेरे ही जिले के एक बड़े जर्मींदार का घर है वहां तो।

पर तुझे कैसे पता है इस पते का।

रामी कुछ नहीं बोली थी।

अरी बता तो सही?

नहीं बस ऐसे ही पूछ था।

कोई पूछ रहा था तो मुझे याद हो गया था ये पता

लड़के ने हैरानी से रामी की ओर देखकर कहा तेरी याद तो बड़ी कमाल की है री?

लगता है तू भी पढ़ीलिखी है।

रामी ने कहा बिल्कुल पढ़ीलिखी हूँ।

मैं सातवी तक स्कूल गई हूँ।

जब से माँ गई तो स्कूल भी छूट गया था।

लड़का फिर से सो गया था।

रामी को पता था कि लड़के के पास बहुत पैसे भी थे शायद! घर से चोरी करके भागा था वो।

रामी को लगा कि यदि इसके पैसे मुझे मिल जाये तो मैं जल्दी ही अपनी मंजिल तक पहुंच जाऊंगी।

यही सोच कर रामी को नींद नहीं आ रही थी।

अब से पहले कभी रामी ने चोरी नहीं की थी।

यदि उसकी मां आज जिंदा होती तो यह नोबत कभी नहीं आती।

लड़का खर्राटे भर रहा था कि धीरे से रामी ने उसकी जेब खाली कर दी थी।

रामी ने उससे उस जगह जाने के सभी तरीके पूछ लिए थे।

उसने जरा भी देर नहीं की थी।

और निकल पड़ी थी अपनी मंजिल की ओर।

इधर वो लड़का... शायद ईश्वर ने ही उसे मेरी मदद को भेजा था।

बुरा तो बहुत लगा था रामी को...

वो जिस भरोसे की बात करती थी आज उसने भी किसी का भरोसा खो दिया था।

पर नेक काम के लिए ली गई मदद गुनाह नहीं होती है

बस ईश्वर के आगे हाथ जोड़कर उसने माफी मांग ली थी।

जल्दी से टिकट लेकर उसने अपने को उस शहर से दूर कर लिया था।

ट्रेन दौड़ रही थी।

इधर वो लड़का बार बार रामी को याद आ रहा था।

एक छोटी सी मुलाकात में ही रामी को अच्छा लगा था वो।

फिर उसने अपनी बहन को देखा और मुस्कुरा पड़ी थी रामी।

बहुत दया आ रही थी उस लड़के पर परदेस में पैसे ही तो काम आते हैं।

यही तो एक सहारा होता है जीने का नहीं तो भीख मांगनी पड़ती है।

और भीख भी हरेक को नहीं मिलती है। उसके लिए भी ना जाने कितनी बार मरना पड़ता है।

और भीख मांगने की तरकीबें भी हर किसी को नहीं आती हैं।

किसी अच्छे घर का लड़का था। पर एक दिन तो उसे भीख मांगनी ही पड़ती। यह पैसे भी कब तक काम आते।

एक दिन तो ये खत्म होने ही थे।

रामी अपने आप को समझा रही थी।

ट्रेन की गति तेज थी।

शायद! कल तक तो मैं वहां तक पहुंच ही जाऊंगी।

सभी यात्री सो भी रहे थे जाग भी रहे थे।

डिब्बे में ज्यादा भीड़ नहीं थी।

और इस तरह से एक दिन और एक रात के सफर के बाद मंजिल सामने नज़र आ रही थी।

स्टेशन का नाम सुनते ही रामी ने अपना थैला और अपनी बहन को उठाया और डिब्बे से बाहर निकल आई थी।

स्टेशन पर भीड़ नहीं थी।

पहली बार इतना बड़ा स्टेशन देखकर दंग थी रामी। उसे तो बन्द खिड़कियों के पीछे रहने की आदत थी।

वेश्याओं को और उनके हरामी बच्चों को ऐसे कहाँ घूमने की कोई इजाजत मिली होती है। उन्हें तो बन्द खिड़कियों से आती हुई रोशनी को भी आपस मे बांटना पड़ता है।

कोई खिड़की यदि गलती से खुल भी जाती है तो हजारों लोगों की आवाज से खुद ब खुद बंद होने पर मजबूर हो जाती है। और रामी की किस्मत थी जो आज उन बन्द खिड़कियों से आजाद हो खुली हवा में सांस तो आई। या खुशकिस्मती इस बच्ची की जो इसके कारण मैं भी आज यहाँ खुलकर सांस ले पा रही हूँ।

स्टेशन पर बस चाय चाय की आवाज आ रही थी। रामी को भी भूख लग आई थी।

उसने कुछ बिस्किट और एक कप चाय ली और एक कोने में जा बैठी।

बहन अभी सो रही थी।

उसने उसे पास ही लिटा दिया था।

तभी एक कुली पास आया और बोला...

अरे बिटिया कहाँ से आई हो और कहाँ जाना है?

रामी ने उसे ऊपर से नीचे तक देखा और बोली

चाचा ये कौन सा गांव है।

कुली ने गांव का नाम बताया तो रामी खिल उठी थी।

उस लड़के ने बिल्कुल सही बताया था।

मतलब ये कि लड़का सही था।

बेचारा जब उठा होगा तो कितना बुरा समझा होगा उसने मुझे रामी सोच में पड़ गई थी।

इधर कुली से उसने फिर पूछा....चाचा यहां से कितनी दूरी पर होगा गांव।

कुलि ने कहा यही कोई दो कोस...

तुम्हें किसके यहां जाना है बिटिया?

नहीं ऐसे ही पूछा बस जाना नहीं है मुझे तो अभी और कहीं जाना है दूसरी ट्रेन से।

रामी झूठ बोल रही थी। अपने बारे में किसी को नहीं बताना था।

बता देती तो भेद खुल जाता और इतनी मेहनत बेकार जाती।

फिर वो बड़े लोग थे। कुछ भी हो सकता था।

इसलिए सब गुपचुप होना चाहिए। यही रामी ने खुद को समझाया था।

कुली वहाँ से चला गया था।

चाय खत्म हुई तो। रामी बच्ची को सीने से लगा। वहां से गांव की ओर चल दी।

अभी कुछ दूर ही चली थी कि एक तांगे वाले ने अपना तांगा रोककर पूछा बहन किधर जा रही हो आओ मैं छोड़ देता हूँ किसके यहां जाना है तुझे?

इधर दोपहर ढल रही थी ऐसे तो शाम होने तक ही पहुंच पाऊंगी गांव में?

सोच में पड़ गई थी रामी।

यहां सब अनजान थे। किसके यहां कह दूं कि जाना है।

थकी हुई थी रामी पर उसने फैसला किया कि वो पैदल ही जाएगी।

भेद खुल गया तो मुश्किल हो जाएगी। राम जाने रामी का मन ही जानता था कि वो क्या करने वाली थी।

शाम ढलने लगी थी...

तभी तांगे वाले ने कहा आओ बहन डरो मत।

पैसे भी मत देना बच्चे को लेकर कितना चलोगी? थक जाओगी... मैं सवारियों को उतार कर अभी उसी गांव की ओर ही जा रहा हूँ।

और बहुत से सवाल करता रहा तांगेवाला।

पर रामी ने उसे घूरकर देखा।

तो सहम सा गया था वो।

कहा ना... नहीं जाना है।

जाओ मैं अपने आप चली जाऊंगी।

तांगेवाला चुपचाप निकल गया।

रामी अब लगातार गांव की ओर चली जा रही थी। कुछ दूर ही चली थी रामी। उसे लगा उसे चक्कर आ रहे हैं। वो वहीं पर बैठ गई।

उसकी बहन गोद से फिसल सी गई थी। इतना चलने की आदत कहां थी उसे।

उसकी आँखें बंद होने लगी थी। प्यास से होंठ सूख रहे थे।

उसे पलभर के लिए कोई सुध नहीं रही थी।

जब आँख खुली तो उसने खुद को एक घर में पाया।

उसने उठते ही पूछा कि मेरी बहन कहां है तो एक औरत पास आई उसने बताया कि उसकी बहन सो रही है।

बहुत से सवाल उसे घेरे खड़े थे।

आस पास बहुत से लोग उसके उसे घेरे खड़े हुए थे।

अरे ! बच्चा चोर तो नहीं है ये?

इतनी उम्र तो नहीं कि बच्चा इसका हो... बहन इससे बहुत छोटी है?

माँ कहां है इसकी और इतने सवालों से रामी का सिर दुखने लगा था।

उसने जोर से चिल्लाते हुए कहा कि अभी बात मत करो मेरा सिर फटा जा रहा है। जाओ सब यहां से....

उस औरत ने सबको जाने का इशारा किया तो सब चले गए थे।

अब उस औरत ने कहा कि आराम करो बाद में बात करेंगे।

रामी को उसने काढ़ा बना कर दिया तो थोड़ा सा आराम आया था।

मन मे शंका थी कि कहीं गलत जगह तो नहीं है ये। उसने नज़रों से चारों तरफ का मुआयना कर लिया था।

रात बहुत हो चुकी थी।

बहन उसके पास ही सो रही थी।

रामी को आराम बहुत आ गया था। अब वो राहत महसूस कर रही थी।

आँखों में नींद नहीं थी।

सब सो चुके थे

पौ फटते ही रामी ने चारों ओर देखा। सब गहरी नींद में सोए थे।

वो आहिस्ता से उठी और निकल पड़ी थी अपनी मंजिल

की ओर।

किसी ने उसे देखा या नहीं कोई परवाह किए बिना ही चलती रही थी वो।

फिर से उसने वही रास्ता पकड़ लिया था जिस पर बेहोश हो गई थी वो।

अब जमींदार का गांव दिखने लगा था।

वो जीत कर खुश थी या नहीं पर अभी मंजिल दूर ही थी।

तभी उसे गांव के बाहर मंदिर दिखाई दिया। वो वहीं सीढ़ियों पर बैठ गई। लगता है जैसे कोई यहां कम ही आता है।

क्योंकि सुबह तक भी कोई पुजारी या आदमी उसे दिखाई नहीं दिया था वहां।

थोड़े देर सुस्ता लिया जाए यही सही रहेगा।

तभी एक औरत हाथ में थाली लिए हुए उसे आते हुए दिखाई दी। उसने उसे प्रणाम किया।

औरत ने बड़ी गौर से उसे देखा और मुस्कुराते हुए मंदिर में चली गई थी।

रामी को भूख भी लगी थी। अभी बहन तो सोई हुई थी।

बस कुलमुलाई थी पर फिर से सो गई थी।

उसने मंदिर की तरफ देखा और हाथ जोड़कर कुछ प्रार्थना जरूर की थी।

थोड़ी देर वो वहां सीढ़ियों पर ही बैठी रही थी।

तभी वो औरत अंदर से बाहर आई और उसने मुस्कुरा कर रामी की तरफ प्रसाद बढ़ाया तो रामी ने झट से हाथ फैला दिया था।

कौन हो? यहां की तो नहीं लगती हो।

रामी भी बहुत तेज थी बोली रास्ता भटक गई थी मैं

वो– यह बच्ची कौन है?

मैं– यह मेरी बहन है।

वो– कहां रहोगी?

मैं– पता नहीं?

परदेसी हूँ। रास्ता मिलते ही वापस चली जाऊंगी।

वो– हम्म

मैं नीची नज़र गड़ाए सोच रही थी कि रात को क्या होगा।

वो औरत जाने लगी तो रामी ने कहा कि थोड़ा सा प्रसाद और दे दो...जरूरत है मुझे भूख लगी है।

उसने मुस्कुरा कर वो सारा प्रसाद मुझे देकर चली गई।

शाम होने को आई थी।

रामी वहीं मंदिर में बैठी हुई थी....हल्की ठंड भी थी तभी एक आदमी मंदिर तक आया और इधर उधर देखने लगा। रामी को बहुत डर लगने लगा था... गांव से बाहर मंदिर में कौन उसकी मदद करेगा?

उसने अपनी बहन को और पास खींच लिया था।

तभी वो आदमी मंदिर में प्रवेश कर गया।

रामी एक खम्बे के सहारे सब देख रही थी।

अचानक से उस आदमी ने उसकी ओर देखकर कहा तुम्हें मालकिन ने बुलाया है।

कौन मालकिन?

वो– वही जो सुबह मंदिर आई थी।

नहीं मैं अजनबियों के घर नहीं जाती हूं।

वो– चुपचाप चलो वरना उठाकर ले जाऊंगा।

हमारी मालकिन की कोई बेइज्जती सहन नहीं होगी वो वैसे ही किसी को घर नहीं बुलाती है।

चलो चुपचाप उसकी आवाज में गम्भीरता थी।

रामी डरी सहमी सी उसके साथ चल दी। उसने अपनी बघ्घी दूर एक कोने में खड़ी कर रखी थी।

चारों ओर पर्दें लगे थे।

रामी ने चारों तरफ ध्यान से देखा और वो बघ्घी में बैठ गई।

उसने बघ्घी को अच्छे से ढक दिया था।

सांझ गहरी हो चली थी।

वो चुपचाप गाड़ी चला रहा था।

तभी रामी ने उससे कहा सुनो चाचा....तुम्हारे मालिक कौन है?

ऐसे जबर्दस्ती ले जाने का मतलब मुझे समझ नहीं आया वो आदमी मुस्कुराया बोला कुछ नहीं।

बस इतना कहा कि जब हवेली पहुँचोगी तो सब समझ जाओगी।

किस्मत अच्छी समझो जो तुझे बुलाया है। नहीं तो हवेली में ऐरे गेरे लोग नहीं जा सकते हैं।

हमें भी कोई सवाल जवाब करने का हक नहीं है।

अब तुम चुप बैठो।

गाड़ी गांव से बाहर बाहर ही चल रही थी।

वैसे तुम्हारे मालिक का नाम कुछ तो होगा ही।

वो चुप था।

रामी को भी चुप ही रहना पड़ा।

एक कोस चलते चलते बैलगाड़ी रुक गई।

रामी चुपचाप अंदर बैठी हुई थी। उसे ऐसा ही कहा गया था।

तभी उस आदमी ने पर्दा हटाया तो सामने वही औरत मुस्कुराते हुए खड़ी थी।

रामी को गाड़ी से नीचे उतरने को कहा गया तो रामी अपना सामान का थैला और अपनी बहन को लेकर नीचे उतर गई थी।

वो औरत इशारों में बात करती थी। नौकर तुरंत ही हुक्म बजाते थे।

हवेली के आंगन में बैलगाड़ी रुकी हुई थी। रामी सकपका सी गई थी।

इतना बड़ा घर देखकर उसे डर सा लगने लगा था।

तभी उस औरत ने उसे अंदर आने को कहा तो रामी भी चुपचाप उसके साथ अंदर चली गई।

उस समय वहां वो औरत ही थी। वो गाड़ी वाला भी बाहर जा चुका था।

रामी को बैठने का इशारा करके वो औरत एक कुर्सी पर बैठ गई थी।

रामी चुप से बैठ गई थी। इधर बहन भी जाग गई थी।

थोड़ा कुनमुनाई सी बहन की गोल गोल आँखे भी शायद बड़े घर का जायजा लेने में लगी थी।

मुझे यहाँ क्यों लाया गया रामी ने पूछा था।

तुम मुझे काकी कह सकती हो औरत ने कहा...आराम से बैठो।

मैं ठीक हूं रामी ने उत्तर दिया था।

कुछ खाओगी?

रामी ने कुछ नहीं कहा था उसे और उसकी बहन को सच में बहुत भूख लगी थी।

वो जैसे समझ गई थी।

उसने ताली बजाकर इशारा किया तो एक औरत थाली में खाना लेकर आ चुकी थी।

रामी के सामने खाना आ चुका था।

धीरे धीरे उसने खाना खाया और बहन को भी खिलाया इतना वो औरत उसकी हाजरी में वहीं खड़ी रही।

खाना खत्म हुआ तो थाली और वो औरत वहां से जा चुकी थी।

मुझे क्यों बुलाया यहाँ रामी ने नरम हो पूछा।

तुम्हें डर नहीं लगता इस दुनियां से कहां रहोगी क्या खाओगी। लोग बहुत खराब है बाहर।

कल को कुछ भी कर सकते हैं तुम्हारे साथ?

जवान होने को है तू सुंदर भी लग रही है।

जमाना बहुत खराब है ये गांव है सौ सवाल करेंगे यहां पर किस किस को जवाब देगी वो एक सांस में ही सब कह गई थी।

रामी चुपचाप सुन रही थी। एक तरह से वो औरत सही कह रही थी।

कब तक दुनियां का सामना करेगी वो इस जहाँ में? रामी सिर झुकाए सब सुनती जा रही थी।

और वो औरत मुझे समझाती जा रही थी।

तभी रामी ने पूछा यह हवेली किसकी है?

मतलब इसके मालिक का नाम क्या है?

वो हँसी थी....

काकी बोल कर बात कर ले लड़की....

मालिक का नाम जानकर तुझे क्या करना है बोल।

पर बताने में हर्ज ही क्या है काकी.... रामी बोली थी।

हर्ज तो कुछ नहीं लड़की।

पर जरूरी मुझे नहीं लगता है इसलिए कहा।

पर मुझे जरूरी है रामी बोली।

औरत ने हँसकर नाम बताया तो रामी अचंभित रह गई थी यही तो मंजिल थी उसकी।

और देखा जाए तो भगवान ने मुझे जल्दी ही पंहुचा दिया यहाँ रामी मुस्कुरा रही थी।

क्या हुआ लड़की?

मेरा नाम रामी है काकी।

और मेरी बहन का नाम लाली है।

बहुत सुंदर हो तुम दोनों क्या तुम हवेली में रह पाओगी रामी को अचरज तो बहुत हुआ था कि जिस मंजिल के लिए दर दर भटकी वो इतनी आसान होगी।

सोचा नहीं था?

रामी ने हाँ में सिर हिलाया था।

अब काकी भी खुश थी और मैं भी बहुत खुश थी।

भगवान का धन्यवाद करके रामी ने ऊपर देखा तो लगा आसमान और गहरा नीला हो गया था।

कभी कभी हम जो सोचते हैं वो हो जाये तो क्या बात हो।

मन खुशी से पागल हुआ जाता है।

हवेली में रहते हुए यह भी पता चला था कि जर्मींदार के कोई औलाद नहीं थी। अय्याश था पर बीवी से बहुत प्यार

करता था इसी के चलते हुए उसने दूसरी शादी भी नहीं की थी। इधर मालकिन को भी औलाद की बड़ी ललक थी। पर भगवान को शायद मंजूर नहीं थी।

मुझे यहाँ मेरी बहन की वजह से ही लाया गया था। मंदिर में छोटी बहन को देखकर ही मालकिन में यह ललक ओर बढ़ गई थी कि गरीब है और बेसहारा भी है। तो कुछ नहीं बोलेगी यही सोचकर उसे हवेली में लाया गया था।

रामी सब कुछ समझ गई थी। पर अपनी तरफ से बात करने से पहले ही भगवान ने वो सच में कर दिया था जिसकी उम्मीद रामी को भी नहीं थी।

कुछ दिनों तक सब कुछ सही जा रहा था कि एक दिन काकी ने मुझे अपने कमरे में बुलाया।

मुझे लगा कोई काम होगा?

खिड़की के पास खड़ी काकी ने मुझे बिन देखे ही कहना शुरू किया कि देखो रामी जब तक तुम यहां रहोगी तब तक तुम्हारी बहन मुझे माँ नहीं समझेगी।

मेरी कोई औलाद नहीं है इसलिए मैंने फैसला किया है कि तुम इससे दूर रहो तो अच्छा हो।

यह बस मुझे जाने मुझे अपनी माँ समझे।

तुम दूर रहोगी तो शायद यह जल्दी ही हो सकेगा।

रामी मैं तुम्हारे रहने और खाने का प्रबंध करवा दूंगी लेकिन तुम फिर कभी इस हवेली में मत आना। ना ही कभी मुँह खोलना कि तुम कौन हो कहां से आई हो।

बस एक यह मेहरबानी कर दो हम पर।

तुम्हारी शादी भी हम करवा देंगे।

जैसे चाहोगी वैसे ही। पर यह लड़की हमें दे दो।

यह कहकर काकी रो पड़ी थी।

रामी को बहन से बिछुड़ने का दुख तो बहुत था क्योंकि वो मेरी माँ की आखिरी निशानी जो थी।

पर भविष्य बहुत खूबसूरत लेकर आई थी लाली।

नसीब की बात देखो। जिस जर्मींदार ने मां का बलात्कार किया था। आज वही घर... वही बाप मिला दिया था भगवान ने।

और एक मैं थी। फिर से अकेली रहने को मजबूर हो गई थी।

क्या इतनी बड़ी हवेली में मेरे लिए एक कोना भी नसीब में नहीं था।

पड़ी रहती यहीं कहीं वाह रे भगवान क्या नसीब लिखता है तू।

जिस बहन के लिए भटकी यहाँ वहां खाली हाथ और अकेलापन फिर से कहां जाऊंगी मैं?

क्या करूंगी मैं?

आँखों से आँसू गिर रहे थे।

पर नसीब समझकर चुप रहने में ही भलाई थी।

रामी ने मुस्कुरा कर कहा...काकी आप चिंता न करें। मैं तो वहीं रह लूंगी जहां तुम कहोगी... जैसे कहोगी वही होगा।

मैं इससे फिर कभी नहीं मिलूंगी। देखूंगी भी नहीं इसे, एक तरह से भूल जाऊंगी इसे।

अब से यह तुम्हारी बेटी ही रहेगी।

रामी जमीन पर बैठ गई थी। और आँखों से आँसू लगातार बह रहे थे।

तू अब से इस गांव में नहीं रहेगी। दूसरे किसी गाँव में

जाकर रहना। यहाँ रहेगी तो तू क्या पता किसी से क्या कह बैठेगी।

नहीं काकी माँ की कसम मैं यहाँ किसी को भी कुछ नहीं

कहूंगी... मर जाऊंगी पर एक शब्द भी नहीं...कभी नहीं।

पर मुझे इतनी दूर मत करो यह मेरी माँ की आखिरी निशानी है।

काकी इतना भरोसा तो कर ही लो मुझ पर।

कभी ऐसा हुआ तो मुझे मरवा देना और मैं खुद ही आत्महत्या कर लूंगी पर तुम पर कभी आंच न आने दूंगी।

मेरी माँ से बढ़कर इस दुनियां में कोई नहीं है काकी। पर मुझे बहन का मोह मेरी माँ की कसम से बढ़कर बिल्कुल भी नहीं है।

ऐसी १० बहनें कुर्बान है माँ पर।

तुमने हम गरीबों पर अहसान किया जो इसे अपनी बेटी बनाया।

मेरी तकदीर में माँ का सुख नहीं तो ना सही।

मैं तो तुम दोनों को देखकर ही खुश हो जाया करूंगी

पर अपने से दूर मत करो काकी।

मुझे यहीं आस पास ही रहने दो बस यह उपकार मैं जिंदगी भर नहीं भूलूंगी।

काकी ने भी हामी भर ली थी।

फिर उसी गांव में उसके रहने का इंतजाम कर दिया गया था। तब से लेकर आज तक रामी इसी गांव की होकर रह गई थी।

उसने ब्याह भी नहीं किया था। अकेले ही जीवन काटने का उसका फैसला काकी को तसल्ली दे गया था कि लड़की वाकई में भरोसेमंद थी। उनकी आन बान शान में कभी दखल नहीं दिया था रामी ने।

उसे पता नहीं था कि जिसे वो बेटी बना रही है वो उसके पति की ही निशानी है।

यही राज रामी के दिल में इतने बरसों दफन रहा था।

बहन कब बड़ी हुई कब विदा हुई कब विधवा हुई जैसे सब कुछ पता होकर भी पता नहीं चला था। और पता सब कुछ था।

रामी ने अपने अंदर सब कुछ छुपा लिया था।
उम्र के इस पड़ाव पर आकर अब वो एक सम्मानित बुजुर्ग महिला थी।

सब कुछ बदलते देखा था रामी ने अपने जीवन में एकाकीपन से ज्यादा कुछ नहीं होता है इंसान के जीवन में। बहन को तो ये भी पता नहीं था कि इस दरवाजे के बाहर भी उसका कोई अपना है जो तरसता है उसकी सूरत के लिए। तड़पता है मिलन को।

एक रिश्ता जो दफन हो कर रह गया था। जिंदा तो सब थे मगर मुर्दे से भी बदतर थे।

बस आखिरी बार एक दिन बहन की सूरत दिखाई दी थी इस खिड़की से बहुत खूबसूरत लग रही थी वो एक दम राजकुमारी सी लगी थी।

माँ की मूरत सी। कुछ भी अलग नहीं था....
सुना था ब्याह हो गया था लाली का। एक बड़े घराने में घर जवाई था दामाद क्योंकि सारी हवेली की मालकिन अब

लाली ही थी।

बस वही श्रृंगार से भरपूर सूरत एक बार दिखी थी लाली की।

ना जाने फिर ऐसा क्या हुआ था जो फिर वो खिड़की सदा के लिए बन्द हो गई थी।

ये कैसी विडंबना है। समाज के लोग जब चाहे खिड़की खोल लेते हैं जब चाहे खिड़कियां बन्द कर लेते हैं। ये कैसी रीत है कुछ लोग बस इज्जत की खातिर ऐसा करते हैं। जन्म और खून के रिश्ते आँसू बहाने पर मजबूर कर दिए जाते हैं। कितनी सीमाएं बांध दी जाती हैं। महज अपने अहम की खातिर। ना जाने क्या मिलता है लोगों को ये सब करने में।

ना खुश रहने देते ना ही खुश रहते हैं।

क्या बस खाना। पहनना। और दौलत ही सब कुछ है। दया भाव और औरों की भावनाएं कुछ मायने नहीं रखती हैं। ये ऊंच नीच की दीवारें ना जाने कितने लोगों की बलि ले चुकी होती हैं।

लोग कहते हैं कि जमाने बदल गए हैं।

पर मुझे तो लगता है कि जमाने तो नहीं। पर लोगों की मानसिकता आज भी वही है जो सदियों से चली आ रही है। हर कोई लाचारी में निभाता रहता है।

रामी का दिल आज जार जार रो रहा था। जब आज उसे पता चला था कि उसकी बहन बहुत बीमार है।

अस्पताल में जाने की हिम्मत भी नहीं बची थी कि जाकर देख ही आऊं उसे?

रामी वचनबद्ध थी।

सुनने में तो यह भी था कि उसके दो लड़के थे। दोनों

बड़े ही अच्छे ओहदों पर थे।

देखभाल में कोई कमी ना थी। पर मेरा रिश्ता तो उन सबसे पहले का था। कैसे मन को समझाती...सारी उम्र जिस वचन को निभाया था कैसे तोड़ती।

बस हूक उठती रही थी रात भर रामी के मन में। सिसकियों में डूबी थी रामी आज माँ बड़ी याद आ रही थी उसे उसका कौन था यहां? उसका जीवन तो खुला आकाश था। रात भर जगती रही थी रामी तो आँख देर से खुली थी।

सुबह सुबह हवेली के दरवाजे खुले देख रामी को कुछ आशंका हुई थी।

तभी किसी पड़ोसन ने आकर दरवाजे पर दस्तक दी थी।

रामी काकी सुना है कि रात हवेली में मालकिन की मौत हो गई है।

रामी को भी सब कुछ सही नहीं लगा था। उसका अंदेशा सही था। उसकी लाड़ली लाली इस दुनियां को अलविदा कह गई थी। आज वो खिड़की भी खुली थी जो सदा के लिय बन्द कर दी गई थी।

उस पर पड़ा रेशमी पर्दा जो लाली की तरह ही खूबसूरत था। आज बार बार बाहर की ओर उड़ रहा था।

बेरोकटोक।

शायद ! रूह थी लाली की जो अब आजाद थी।

उस बन्द खिड़की से......

उपसंहार

खोखली स्त्रियां... सदियों से न जाने किस किस तरह से अपने को संभालती हुई स्त्रियां। बस केवल एक अहसास सा दिलाती हुई सी कि मैं...जगजननी हूँ...देवी हूँ। यही सोच में मुस्कुराती हुई सी अपने में ही जीती सी। अंतर इतना कि सदियों से सामजिकता की चक्की में एक संघर्षरत और प्रयासरत सी। परम्पराओं को निभाती हुई। लगातार एक शिक्षिका की भांति और घरेलू राजनीति में पारंगत सी शायद इसीलिए नारी सम्पूर्ण सर्वोपरि हुई। आज की पीढ़ी केवल सोच नहीं सकती है। बस पढ़ सकती है। उन पन्नों को जिनमें उनकी कथाएं, व्यथाएं लिखी हुई हैं। जो आज इतिहास बन आँखों के सामने से केवल इम्तिहान पूर्ण तक ही काम आती हैं। एक ढर्रे पर जीती हुई उन महिलाओं ने जीवन में कितना क्या और कैसे जिया होगा वो जीवन। वो एक योद्धा की तरह कब कब वीरगति को प्राप्त हुई होंगी। कितनी सभ्यताओं में नारी चित्रण मिला। शायद हर सदी की स्त्रियां यही सोचकर जीती रही होंगी। कभी तो सुधार होगा। परम्पराओं के नाम पर अंधविश्वासों के नाम पर। साक्षरता के नाम पर आखिरकार कोई तो समझेगा उन्हें। धीरे-धीरे वही सभ्यताएं जो उन्हें निगल रही हैं उनके सम्मुख मुँह बाये खड़ी हैं सुरसा की तरह। कब निकलेंगी इस दलदल से। न जाने कब उद्धार होगा। उसे पूजनीय नहीं बनना था। उसे चाहिए थी वो स्वतंत्रता, वो खुला आकाश। जिसमें वो अपने पंखों को एक आकार दे सके, उड़ सके। स्वतंत्र विचारों के साथ। खुली हवाओं में जी सके अपने में दिमागी तौर पर। और सही तरीके से पहचान सके अपने को कुछ नए सिरे से। एक

नई सोच के साथ। एक नवजीवन की कल्पना को साकार रूप दे सके। जब कभी उसे घर से बाहर जाने का कोई क्षण मिला होगा। उसने खुले आकाश तले अपने को बहुत ही हल्का सा अनुभव किया होगा। सोचते सोचते तो इस नवजीवन के सपने कई बार बिखरते होंगे। फिर से समेटे होंगे। इसी उहापोह में मृत्यु तक जा पहुंची होगी एक आस लिये हुए। उस परिवर्तन की जो आएगा तो जरूर...पर कब? समय समय की बात कहकर उन्हीं अपने अपने अंधविश्वासों में चल बसना नियति बना होगा। सदियों की बात करते करते। जन्म दर जन्म लेती स्त्रियां। अपने अपने कर्मानुसार क्रम से धीरे-धीरे से कुछ ढुलमुल सी। अपने को परिवर्तित सी करती हुई आ पहुँची है एक खुले आसमान तले। एक नया युग एक नई आस। नई उमंगों से सरोबार। नवजीवनी लिए हुए। मैंने भी ३ पीढ़ियों में देखा है नानी दादी को। वो कैसे अपनी धरोहर मानकर जीती रहीं। उन पुरानी परम्पराओं के साथ। वही सर पर ओढ़नी। ऊपर से नीचे तक सुहाग चिन्हों से परिपूर्ण। पुरुषों से अलग एक चुप्पी सहमी सी। ऊंचे से शब्दों की चुभन से बचती हुई सी। बच्चों के जन्म से लेकर घर परिवार की देखभाल तक। यही समाज यही राजनीति और यही धर्म। हमें भी अपनी तरह ही बनाने की एक पुरजोर कोशिश। यही मात खा गईं स्त्रियां कि अगली पीढ़ी में कुछ बदलाव न लाकर उन्हीं पुरानी परम्पराओं में जीवन का सबक देती हुई। भूल गई कि ऐसा करके। वो नया युग और सोच विचार कैसे आएंगे। जब लकीर के फकीर ही रहेंगे तो। वही ढकोसले, परम्परायें, सबसे बड़ी समस्या तो तब आई जब स्त्रियों ने ही स्त्रियों के लिये खाई खोदनी आरम्भ की। एक भेदभाव पुत्र और पुत्री का। यहाँ से एक बड़ा परिवर्तन

जरूर आया जो समाज मे एक विद्रोह के रूप में देखने को मिला। जबकि सदियों पहले ऐसा कोई उदाहरण नहीं मिलता है कि यह भेदभाव रहा होगा। यहां स्त्रियों ने मात खाई। पीढ़ी दर पीढ़ी हम बदलते चले गए। अब पढ़ लिखकर भी संकीर्ण हो गए। मानो तो वही ढाक के तीन पात। आज सब कुछ है स्त्रियों के पास। आजादी, पैसा, पावर, खुला परिवेश। पहनने ओढ़ने की आजादी। पुरुषों से कंधे मिलाकर चलने की आजादी। शिक्षा की, खाने पीने की आजादी। हर क्षेत्र में नारी सम्मान। जमीन से आसमान तक की उड़ान।

आधुनिकता के परिवेश में पढ़ी लिखी महिलाओं की अब कमी नहीं है। दशा और दिशा निर्धारित करती हुई नारी आज जमीन से लेकर आसमान तक की ऊंचाइयां तय करने लगी है। आंकड़ों के मुताबिक महिला को नौकरी में ३३ प्रतिशत आरक्षित सीट मुहैया कराती है सरकार। इसी प्रकार सिलाई केंद्र पर फ्री प्रशिक्षण। चिकित्सा के क्षेत्र में फ्री चेकअप की सुविधाएं। शिक्षा के क्षेत्र में १२ वी तक की पढ़ाई मुफ्त। तकनीकी क्षेत्रों में भी प्रशिक्षण पर छूट। और बहुत कुछ है महिलाओं के लिए। अब वो समाज में कंधे से कंधा मिलाकर चलती है। एक नई मुस्कान लिये हुए। घर से लेकर बाहर तक सब जगह अपनी छाप छोड़ती हुई बढ़ रही है। एक नई दिशा की ओर नई राहें। मंजिलें नईं, एक सोच नई, एक असीमितता लिए हुए। एक संघर्षरत नारी जो अब कभी न हारेगी। चलती चलेगी अपनी मंजिल की ओर बिना किसी सहारे। जो औरों को सहारे दे उससे बड़ा कौन। उसका सहारा वो अपने में खोजती हुई जा रही है। अग्रसर है नए पथ की ओर। बहुत सी विडम्बनाओं और परम्पराओं को पीछे छोड़ती हुई। एक नए

दिन की ओर एक नए सूरज की तलाश में है आज की नारी।

पर कमी है तो आज भी कहीं न कहीं स्त्रियां परम्पराओं और रूढ़िवादी विचारों से घिरी हैं। वो पढ़ीलिखी होने के बाद भी संकीर्णता के घेरे में खुद को पाती हैं। आज भी बेटा-बेटी को बांटती नज़र आती हैं। गांव में तो आज भी बेटे-बेटी के खाने पहनने तक में भेदभाव है। बदलाव के लिये जो अहम बात थी वही तो दूर नहीं हुई। आज भी स्त्री ही स्त्रीत्व के नाम पर कलंक बन गई। पैदा होते ही कन्या भ्रूण हत्या। सबसे बड़ी विडंबना है... कलंक है हमारे समाज के लिये। और तो और शिक्षा के मामले में लड़कियों को रोक दिया जाता है कि ज्यादा पढ़ने से लड़कियां बिगड़ जाती हैं। करना भी क्या है पढ़ाकर? घर के काम काज ही तो करने हैं। कौन सा नौकरी करानी है। घर सम्भाल ले वही बहुत है। स्वास्थ्य की तरफ बेटों पर अधिक ध्यान होता है माताओं का। बेटी है...खुद संभल जाएगी। इस तरह की मानसिकता आज भी बहुतायत मिलती है। शादी ब्याह के मामले में भी यही हाल है। जो सोचें तो बस माता-पिता पर बेटी का हक कम ही है। इससे तो सदियों पहले बेहतर थे। बेटियों का स्वयम्वर होता था। मन पसंद लड़का चुनने का अधिकार था स्त्रियों के पास। आजकल सब कुछ जानते हुए भी खुद निर्णय लेते हैं बड़े भाई और माता पिता। दान दहेज में भी स्त्रियों की खूब मनमानी चलती है। बहु से कोई मतलब नहीं। केवल दहेज अच्छा है तो सब सही है। समाज में बहुत सम्मान हुआ। इतना दान दहेज जो मिला। और भी बहुत सी कुरीतियों को जन्म मिला। जिनके कारण स्त्रियों को ही नीचे देखना पड़ा। पुरुषों को केवल बाहरी समाज की शिक्षा देती हुई स्त्रियां उन्हें चुप रहने का आदेश सुना देती हैं।

बचपन से यही शिक्षा ग्रहण करते हुए बेटे बड़े होते हैं जो उम्र भर इसी क्रम से चलते रहते हैं। माँ है, बड़ी है, सब सही है, देवी है, पूजनीय है, क्योंकि वो माँ के साये से बाहर निकले ही नहीं। फिर कैसे दूसरी स्त्री को सम्मानित दर्जा दे। माँ की नाक के नीचे। परम्पराओं का ध्यान जो रखना है... आज के परिवेश में क्या मिला स्त्रियों को। बस परम्पराओं के नाम पर वो झूठी दिलासा जो खुले आकाश की बातें, वो उड़ान, वो भेदभाव रवैया, वो चुभती हँसी, वही दकियानूसी बातें जो पढ़ लिखकर भी अनपढ़ सी रह गईं। कुछ प्रतिशत शहरीकरण को छोड़ दें तो गांव में अधिकतर आज भी यही हाल है। शहरीकरण में भी स्त्रियों की दशा कुछ अधिक सही नहीं है।